AF286107

Harald J. Krueger

DER TROJANISCHE STRAUSS

für Wiebke

Harald J. Krueger

DER TROJANISCHE STRAUSS

Roman

1. Auflage 2011

2. Auflage 2016

©2016 Harald J. Krueger

Umschlagfoto vom Autor

Herstellung und Verlag:

Books on Demand GmbH, Norderstedt

ISBN 978-3-8423-3396-3

1.

Genervt fauchend setzte Jan Wolewski die scharfe Seite der Klinge zum Aufschlitzen an und zog sie bis zum Ende durch. Er legte das Werkzeug auf den Tisch und ertastete den Inhalt. Mit Daumen und Zeigefinger entnahm er ihn. Dabei entfaltete er ihn bereits, soweit möglich, mit einer routinierten Drehung des rechten Handgelenks. Gleichzeitig warf er den leeren Briefumschlag, den er in der linken Hand hielt, in den Papierkorb. Im Falle von Reklame folgte sie sofort mit. Doch diesmal war es wieder einer der Briefe ohne Absender, also von einer Bank. Allerdings zierte diesen Briefkopf ein hellblaues Wappen als Firmenlogo. Auf allen anderen vorher prangte ein gelbes. Jan stutzte und las. Es handelte sich um die Jahresabschlussrechnung per 31. Dezember 2008 mit einem Guthaben von 61.938 Euro. Jan entfuhr ein anerkennender Pfiff, wie ihn manche Kerle attraktiven Frauen auf der Straße widmen. Er platzierte den blauen Brief neben den Stapel der gelben.

Zwei Stunden später gab es keinen ungeöffneten Briefumschlag mehr im Haus. Die vorsortierten Schreiben legte Jan in die vorbildlich beschrifteten Ordner ab. Nur für den blauen Brief fand Jan keinen. Das wunderte ihn, passte es doch so gar nicht zu Opas Ordnung.

Anfangs war es Jan nicht aufgefallen. Opa wirkte zwar mitunter etwas tüttelig. Das hielt Jan mit seinen fünfundzwanzig Jahren aber bei einem Fünfundsiebzigjährigen eher für putzig als für bedenklich. Erst die ungeöffneten Briefe im Kühlschrank alarmierten Jan, sich um Opa zu kümmern. Jan war genau vor einem Jahr im Juli gleich nach Abschluss des Ingenieurstudiums ausgezogen. Da er finanziell auf eigenen Beinen stand, wollte er sie nicht mehr bei den Großeltern unter den Tisch stellen. Er fühlte sich nicht rausgedrängt, war aber froh, sie endlich von der Last der Enkelaufzucht zu befreien. Im November war seine Oma eingeschlafen und nicht wieder aufgewacht. Seit dem hatte Opa die Post nicht mehr geöffnet. Oma war demnach die Schlitzerin gewesen. Einige Wochen später wurde offensichtlich, dass auch niemand mehr das Haus putzte und die Wäsche wusch. Jan ermahnte Opa mehrfach. Dabei fiel es ihm schwer, nicht über die vertauschte Erzieherrolle zu grinsen. Opa gelobte zwar Besserung, doch wenn er sich tatsächlich einmal an einer der Omatätigkeiten versuchte, bereute es Jan. Oft übertraf der Schaden den Nutzen. Putzfrauen und Zugehfrauen waren überfordert. Haushälterinnen hätten das Budget überfordert. Schließlich musste Jan die undankbare Rolle des Ins-Heim-Abschiebers übernehmen. Umso überraschter war er, dass Opa nicht rebellierte. Im März fanden sie eine bezahlbare Wohnung mit Betreuungsservice.

Vier Wochen später zog Opa in die Zweizimmerwohnung in Hamburg-Othmarschen. Vorsichtshalber wartete Jan zweieinhalb Monate mit der Auflösung des alten Haushalts. Nicht dass Opa womöglich wieder zurück in sein Haus in Hamburg-Lurup wollte. Doch ihm gefiel es in der kleinen Wohnung. Gewiss, weil er sich um nichts kümmern musste. Soweit es die Zimmer erlaubten, hatte er die Möbel mitgenommen. Lediglich um seinen Schreibtisch kämpfte Opa verbissen. Um Opa zum Verzicht zu überreden, übertrieb Jan im wahrsten Sinne des Wortes maßlos. Das Monstrum hätte angeblich im Schlafzimmer nur statt des Betts oder im Wohnzimmer nur statt des Sofas Platz gefunden. Warum Opa so an dem übergroßen Schnörkelkoloss hing, verstand Jan sowieso nicht. Zumal Opa ja noch nicht einmal mehr seine Briefe öffnete. Jan fand die Post der letzten fünf Monate allerorts im Haus. Überall lagen Stapel. Jeder so klein, dass man sie kaum bemerkte. Erst die gekühlten Briefe im Eisschrank hatten Jan erschaudern lassen.

Ganz uneigennützig waren Jans Vorbehalte gegen den Schreibtisch nicht. Er hatte sich bewusst keinen für seine Wohnung in Hamburg-Altona besorgt, sondern auf die Übernahme dieses antiken Großmöbels spekuliert. Jetzt krabbelte er auf allen vieren unter ihn, um zu untersuchen, ob sich die Oberplatte von den beiden Unterschränken lösen ließ. Nur so schien Jan ein Transport überhaupt möglich. Sein Abstieg brachte es zutage. Die Platte war mit hölzernen Keilen an den Seitenschränken befestigt. Offensichtlich stammte dieser Schreibtisch aus der Zeit, als Tischler noch alles aus Holz schreinerten. Leim, Schrauben oder gar Metallwinkel verschmähten sie, entweihten sie doch das natürliche Holz. Die seelenlosen Spanplatten waren noch nicht erfunden.

Jan zog den linken Befestigungskeil heraus. Das ging leichter als erwartet. Dafür klemmte der rechte umso mehr. Jan rüttelte lange, bis er sich löste. Jetzt lag die schwere Schreibtischplatte lose auf den Unterschränken. Beim Zurückkriechen entdeckte Jan im Zwischenraum über dem linken Unterbau und der Tischplatte etwas. Es war zu dunkel, um es zu erkennen. Mit den Fingerspitzen bekam er es zufassen und zog es heraus. Es war ein simpler Pappschnellhefter. Jan schlug ihn auf. Oben prangte das blaue Wappen der Bank, für deren Auszug er keinen Ordner gefunden hatte, kein Wunder bei dem Versteck. Jan durchblätterte die Kontoauszüge. Sie reichten bis zum 1. Januar 2000 zurück. Um sicherzugehen, dass dort nicht noch mehr versteckt worden war, schob Jan die Schreibtischplatte weiter zur Seite. Tatsächlich, auf dem rechten Unterschrank lag auch ein Hefter mit Kontoauszügen, vom 1. April 1990 bis zum 31. Dezember 1999. Jan riss sich von den geheimnisvollen Bankauszügen los. Die wollte er sich zu Hause in Ruhe ansehen. Zunächst galt es, den Hausrat in drei Kategorien zu trennen. Erstens wenige Teile, die noch zum Opa gebracht werden sollten. Zweitens einige Sachen, die Jan für sich haben wollte, und drittens den ganzen Rest. Für diese freudlose Aufgabe opferte Jan den Samstag. Dabei maulte er ständig vor sich hin: ‚Immer muss ich alles alleine machen. Andere haben Geschwister. Die würden sich die Arbeit teilen.' Dass die sich dann aber auch oft genug bei der Aufteilung streiten, übersah Jan in seinem Groll. ‚Eigentlich müssten sich ja meine Eltern um die Auflösung des Haushalts kümmern.' Dass die ihm genommen wurden, kurz bevor er zur Schule kam, hatte Jan dem Schicksal bis heute nicht verziehen. ‚Warum starb Oma mit fünfundsiebzig? Andere werden über neunzig Jahre alt.' Immerhin war sie seine Ersatzmutter gewesen. Bedripst fragte sich Jan, ob Oma, die Nurhausfrau, noch leben würde, wenn er nicht ausgezogen wäre. ‚Hatte sie dadurch etwa ihre Lebensaufgabe verloren und das Leben aufgegeben? Oder hatte gar die Enkelaufzucht ihr die Lebenskraft geraubt und ihr Leben verkürzt?' Jan schüttelte sich, um sich von diesen trüben Gedanken zu befreien. Doch es kam gleich der nächste: ‚Wer weiß, ob Opa nicht besser beisammen wäre, wenn Oma noch lebte?' Verbittert presste Jan die Lippen. Wie so oft fühlte er sich benachteiligt.

2.

Jan kehrte erst am Samstagabend in seine Wohnung zurück. Am liebsten hätte er sich sofort das mysteriöse Konto genauer angesehen, aber zunächst musste er duschen. Sonst würde er nur zu staubigen Ergebnissen kommen. Er hatte den älteren der beiden Schnellhefter in der Hand, da biss ihn Hunger. Mit einem bedauernden Achselzucken legte er die Bankauszüge wieder zur Seite. Beim Essen kreisten seine Gedanken nur noch um das versteckte Konto.

Als er endlich sauber und satt die Kontobewegungen durchblätterte, war er enttäuscht. Er hatte zwar keine klare Vorstellung, was er erwartet oder erhofft hatte, auf jeden Fall nicht etwas derartig Monotones, die ideale Einschlaflektüre für Schlafgestörte mit Medikamentenaversion. Ab April 1990 wurden jeden Monat 500 DM, damals Deutsche Mark, (255 Euro) gutgeschrieben. Zum Jahresende spendierte die Bank noch ein Brosamen Zinsen. Das ging jahrelang so. Die monatlichen Gutschriften erhöhten sich jedes Jahr ein wenig. War das ein Inflationsausgleich? Es gab nur zwei Ausnahmen. Im Jahre 2003 wurden 6.000 Euro und vier Jahre danach sogar 21.000 Euro abgebucht. Der letzte Zahlungseingang erfolge im Juni 2008. Seit dem tat sich gar nichts mehr. Das ergab immerhin nach achtzehn Jahren ein Guthaben von 61.938 Euro. Das wären ohne die beiden Entnahmen sogar über 92.000 Euro geworden. Jan griente: ‚Da kann man mal sehen, was sich durch eisernes Sparen und Zinseszins anhäufen lässt, wenn man nur lange genug wartet. Was mag Opa dazu bewogen haben? Von wem kam das Geld überhaupt?'
Auf den Kontoauszügen las Jan immer nur den abgekürzten Buchungstext:

```
Überw. RA Lambrecht, Berlin
```

Die ausgehenden Überweisungen gingen beide an Horst Wolewski, seinen Opa. Wofür hatte RA Lambrecht achtzehn Jahre lang jeden Monat circa 300 Euro überwiesen? Warum benutzte Opa dafür nicht sein normales Konto? Und vor allen Dingen, aus welchem Grund versteckte er die Kontoauszüge? Vor wem überhaupt? Jan hatte nie den Eindruck, dass Opa Geheimnisse vor ihnen verbarg. Oder befürchtete er eine polizeiliche Hausdurchsuchung? Na klar! Opa hatte jemand erpresst. Der raffinierte Hund! Opa ließ sich sein Schweigen durch diese regelmäßigen Gutschriften bezahlen. Das war für beide Seiten weniger auffällig als eine große Zahlung, womöglich noch in bar. Vielleicht hätte der Erpresste einen höheren Betrag auch gar nicht auf einmal aufbringen können. ‚Was wusste Opa, um dieses Schweigegeld zu kassieren?', grübelte Jan. Allzu schäbig konnte es nicht gewesen sein. Für Jan war Opa die Redlichkeit in Person. ‚Oder sollte es etwa doch einen Fleck auf der reinen Weste des ehemaligen Abteilungsleiters im Katasteramt geben?'

3.

Am nächsten Morgen fuhr Jan, wie jeden Sonntag, zu Horst, seinem Opa. Dass Jan seinen Opa mit Horst ansprach, hatten seine Eltern vor über zwanzig Jahren eingeführt. Alle sagten Mutti, Jan musste Petra und zu Vati Michael sagen. Anfangs schämte sich Jan vor seinen Freunden dafür ein bisschen. Später gestand ihm einer von ihnen, wie sehr er ihn darum beneidete, weil er meinte, das klänge erwachsener. Jan hatte ihm nicht widersprochen, obwohl er das nie so empfunden hatte.

Normalerweise kam Jan sonntags so zu Horst, dass sie bald zum Mittagessen beim Italiener oder Chinesen um die Ecke einkehrten. Das entband den Witwer und den Junggesellen von der Küchenarbeit und entlastete das Portemonnaie des Jungingenieurs.

Heute trieb Jan jedoch die Neugier wegen des Geheimkontos gleich nach dem Frühstück aus der Wohnung. Horst begrüßte seinen Enkel: »Oh, muss ich meine Uhren neu stimmen.«
»Das lasse man lieber, ich bin nur früher dran.«
Sie setzten sich in das Wohnzimmer. Auf dem Balkon war es wie so oft an Wochenenden im Juli zu nass und kalt. Zunächst tauschten

sie Neuigkeiten der vergangenen Woche aus. Dann platzte es aus Jan heraus: »Wofür hat dir Lambrecht jeden Monat Geld überwiesen?«

»Wer ist denn Lambrecht?«

»Du wirst dich doch an den Rechtsanwalt in Berlin erinnern.«

Opa rieb sich nachdenklich das Kinn. »Ich erinnere mich nur an Rechtsanwälte, die von mir Geld bekamen. Den umgekehrten Fall können Anwälte in aller Regel vermeiden.«

»Wofür überwies jemand achtzehn Jahre lang jeden Monat Geld auf dein Konto?«

»Das wäre ja traumhaft. Das käme gleich nach meinem Lieblingstraum, dem vom Harem.«

Jan verkniff sich das Lachen: »Warum endeten die Zahlungen vor einem Jahr?«

Horst schaute grübelnd an die Decke: »Sag mal ehrlich, willst du nicht doch lieber in unser Haus ziehen? Da hast du ordentlich Platz und einen schönen Garten.«

Jan blies verbrauchte Luft aus der Nase und knallte die Schnellhefter mit den Kontoauszügen auf den Sofatisch: »Du erklärst mir jetzt sofort die Geschichte dieses Kontos!«

Opa öffnete den Pappdeckel und las den oberen Beleg: »Das ist ja ein flottes Guthaben. Ich hätte nie gedacht, dass sich eine Bank so vertun kann.«

Nun musste auch Jan lachen: »Das ist gewiss noch nie einer Bank passiert.«

Horst erhob sich: »Ich mach uns mal einen Tee.«

Jan sah seinen Opa streng in die Augen: »Du bleibst jetzt hier sitzen und erzählst mir die ganze Geschichte. Wer, wofür und vor allem wieso seit einem Jahr nichts mehr?«

Horst sackte in sich zusammen und starrte auf das Teppichmuster.

Jan wartete minutenlang, dann brach es aus ihm heraus: »Na gut, wenn du mir nicht vertraust, sollst du wissen, was ich vermute. Du hast jemand erpresst und der hat dir brav jeden Monat dein Schweigen bezahlt, sogar mit Inflationsausgleich. Aber warum überweist er nicht mehr? Ist er gestorben?«

Kaum erkennbar zuckte Horst die Achseln und schüttelte den Kopf.

In Jan keimte Mitleid auf. Deshalb erklärte er: »Nicht dass du denkst, ich verurteile dich. Im Gegenteil, viel lieber wäre mir die Fortsetzung dieses monatlichen Zuschusses.«

Horst atmete schwer, rang mit sich und überwand sich: »Jan, ich mache dir ein Angebot. Ich schließe das Konto und überweise dir das Guthaben auf dein Konto. Dafür stellst du mir keine weiteren Fragen. Einverstanden?«

Jan musste drei Mal schlucken, bis er wieder Worte fand: »Lass uns darüber noch mal eine Woche nachdenken und nächsten Sonntag entscheiden.«

Horst schnellte aus seinem Sessel hoch und verkündete: »Dann mach ich uns jetzt einen Tee.«

Jan folgte ihm, mindestens so schwer atmend wie Opa, in die Küche.

4.

Am Sonntagnachmittag streifte Jan durch seine Wohnung. Opas Angebot nahm ihm die Ruhe. Warum wollte Opa sein Schweigen so teuer bezahlen? War das Geheimnis so wertvoll oder so verwerflich billig? Jan fühlte sich auch etwas beschämt. Er wollte kein Geld von seinem Ersatzvater. Jan erhoffte sich nur, die versiegte Geldquelle wieder sprudeln zu lassen. Das wollte er auch ohne Opas Hilfe weiterverfolgen. Entschlossen startete er seinen Computer und googelte Telefonnummer und Anschrift des Rechtsanwalts Lambrecht. In Berlin gab es zum Glück nur einen. Olaf Lambrecht residierte in der

Uhlandstraße, nahe der Ecke zum Kurfürstendamm. Eine private Rufnummer gab das sonst so allwissende Netz nicht preis.

Am Montag kurz nach 10 Uhr unterstellte Jan, dass selbst ein Berliner Staranwalt in der Kanzlei telefonisch erreichbar sein müsste. Es meldete sich indes eine schnoddrige Frauenstimme und empfahl, es um 11:45 Uhr erneut zu versuchen. Sie versprach, diesen Termin in den Anwaltskalender zu buchen. »Dann klappt das bestimmt. Warum geht es denn bitte?«
»Um Horst Wolewski,« verriet Jan der Neugierigen.

Jan fragte sich, während sich die eineinhalb Stunden dahin schleppten, ob Olaf Lambrecht montags immer erst um 11:30 Uhr ins Büro kam oder tatsächlich, wie vorgebracht, auswärtige Mandantentermine wahrnahm. Auf jeden Fall erreichte Jan zur gebuchten Zeit Herrn Lambrecht.

Mit schneidender Stimme erklärte der Anwalt: »Telefonische Auskünfte erteile ich grundsätzlich nicht an Personen, die mir nicht persönlich bekannt sind.«
»Ich will aber doch nur wissen, wer meinem Opa über Sie regelmäßig Geld überwiesen hat.«
»Wie ich Ihnen bereits sagte, telefonisch wird das nichts. Wir können uns gerne bei mir im Büro treffen. Wann würde es Ihnen passen?«
Jan gab auf. Sie verabredeten sich für kommenden Freitag um 10:30 Uhr. Jan war überzeugt, dass es dem Advokaten nur darum ging, ein höheres Honorar herauszuschinden. Entsprechend mürrisch bestellte Jan die ICE-Tickets von Hamburg nach Berlin im Internet und beantragte bei seinem Chef einen Tag Urlaub.

5.

Am Freitag erkannte Jan im Anwaltsbüro bei der Begrüßung die schnoddrige Frauenstimme sofort wieder. Die alterslose Kurzhaarige bat um seinen Personalausweis und bot ihm an, auf dem Besucherstuhl vor ihrem Schreibtisch Platz zu nehmen. Sitzend beobachtete Jan, wie sie beide Seiten des Plastikkärtchens kopierte. Sie gab es ihm zurück, ergriff das Telefon und säuselte überraschend lieblich:»Herr Lambrecht, Herr Jan Wolewski ist eingetroffen.« Sie lauschte noch einige Sekunden auf die Stimme ihres Herrn, schaute auf ihre Armbanduhr und legte auf. Mit einer Akte vor der Brust führte sie Jan in das Chefzimmer.

Mit ausgestrecktem Arm und einem dröhnenden:»Hallo Herr Wolewski!«, kam Jan ein Elefantenbaby entgegen. Der große, schlanke Jan, der sich für normal hoch und breit hielt, musste zu dem über Fünfzigjährigen aufschauen. Das erlebte er nur selten. Es hätten sich auch zwei seiner Statur hinten dem Koloss verstecken können. Sie setzten sich gegenüber an den Schreibtisch.

Nach einleitenden Höflichkeiten über komfortable Bahnfahrt, lebendige Stadt und durchwachsenem Sommer fabelte Jan:»Ich muss mich, weil mein Opa leider dazu nicht mehr in der Lage ist, auch um seine Konten kümmern. Dabei fand ich heraus, dass Sie seit einem Jahr nichts mehr überwiesen haben. Wann werden Sie die Zahlungen wieder aufnahmen?«
Olaf Lambrecht schlug die Akte vor sich auf, blätterte und las. Dann blickte er Jan an:»Sobald mein Mandant mir entsprechende Anweisungen erteilt.«

»Wer ist Ihr Mandant?«

»Das unterliegt meiner Schweigepflicht.«

»Aber ich muss doch Kontakt zu dieser Person aufnehmen können. Wie soll denn mein Opa sein Geld bekommen?«

Der Anwalt kippte den Bullerkopf nach rechts und zuckte mit beiden Schultern.

Jan las daraus ein gewisses Bedauern und beklagte sich: »Da lassen Sie mich extra ganz aus Hamburg anreisen, um mir mitzuteilen, dass Sie mir nichts sagen können!«

»So stellt sich das leider jetzt für Sie dar. Es hätte ja aber auch durchaus sein können, dass Sie …« Das Telefon unterbrach, sein Gesülze. Schweigend hörte er einen Augenblick zu. Mit strenger Stimme erwiderte er: »Na gut, dann komme ich kurz.« Er wandte sich an Jan: »Landunter im Sekretariat. Ich muss Sie für einige Minuten alleine lassen. Entschuldigen Sie bitte.« Er schritt aus dem Raum. Der Dielenboden bebte. Sobald die Tür geschlossen war, umrundete Jan den Schreibtisch und öffnete die Akte, in der zuvor geblättert wurde. Er fand nur Kontoauszüge. Der oberste vom Juni 2008 mit drei Buchungen:

```
Überweisung von Sano-Apotheke 390 €
Überweisung an Horst Wolewski 365 €
Umbuchung auf Kanzleikonto      25 €.
```

Die Seiten darunter sahen genauso aus. Die Salden am Monatsende waren stets null. Jan huschte zurück auf den Besucherstuhl. Sekunden später stapfte der Anwalt an seinen Platz. Jan verabschiedete sich, da er nicht erwartete, mehr zu erfahren, als er jetzt bereits wusste.

Als er die Kanzlei verlassen hatte, steckte Lambrecht den Kopf in das Vorzimmer und raunte: »So schnell, wie der eben verduftet ist, hat der Jüngling mein stilles Informationsangebot wahrgenommen. Sie haben genau im rechten Augenblick angerufen.«

6.

Jan ärgerte sich zwar noch über den verschwiegenen Advokaten. Aber er bedachte ihn nicht mit seinen üblichen Verwünschungen. Immerhin hatte er durch ihn, wenn auch in Selbstbedienung, von der Sano-Apotheke erfahren, Opas Geldquelle. Was wusste Opa über die, dass sie so viele Jahre brav gezahlt hatte?

Jans Handy lieferte ihm sofort die Adresse und Telefonnummer der Sano-Apotheke: Prenzlauer Allee 180. Der Internet-Fahrplan der BVG (Berliner Verkehrs Gesellschaft) schlug zwei Routen vor. Mit U- und S-Bahn oder mit Bus und S-Bahn. Jan entschied sich für den Bus. Dadurch würde er mehr von der Stadt sehen können. Nach wenigen Minuten saß Jan oben in der zweiten Reihe. Er genoss seine erste Fahrt in einem Doppeldeckerbus.

Es dauerte fast eine Dreiviertelstunde, bis er an der Sano-Apotheke vorbeischlenderte. Das Schaufenster war mit den üblichen Papptafeln der Pharmaindustrie dekoriert. Im Vorbeigehen gewann Jan den Eindruck, dass er vorsichtshalber diverse Präparate erwerben sollte, um sich gegen die gesundheitlichen Risiken des Sommers zu wappnen. Der Optiker nebenan glich in Größe und Unauffälligkeit dem Pillenhöker. Von der S-Bahn-Station bis hierher reihten sich auf beiden Straßenseiten Einzelhändler, nur unterbrochen durch die schlichten Hauseingänge zu den Wohnungen darüber. Jan kehrte zum Bahnhof zurück. Dort hatte er vorher eine der durch die Handys vom Aussterben bedrohten Telefonzellen entdeckt. Er wollte zunächst telefonisch sein Glück bei der Sano-Apotheke versuchen, sich dabei aber natürlich nicht durch sein eigenes Handy verraten. In der Kabine muffelte es schmutzig, als ob hier jemand im Winter übernachtet hatte. Leider war der Münzfernsprecher mit Zifferntasten ausgestattet. Jan hatte gehofft, zum ersten Mal eine Wählscheibe wie in alten Filmen benutzen zu können.

Mit links hielt er einen klobigen Telefonhörer, der mehr als zehn Handys wog, mit rechts tippte er die Nummer ein. Schneller als erwartet meldete sich eine Männerstimme: »Sano-Apotheke.«
Jan trimmte seine Stimme eine Oktave tiefer und grollte: »Zahlen Sie ab sofort wieder jeden Monat!«
»Für einen sicheren Logenplatz im Himmel, oder was?«
»Für mein Schweigen, Spaßvogel.« Jan war sich unsicher, ob er den Apotheker siezen oder duzen sollte.
»Was wollen Sie denn wem verschweigen?«
»Ich weiß alles!«
»Davon träumen wir alle.«
»Wenn nicht wieder regelmäßig gezahlt wird, gibt es ganz gewaltig Ärger.«
»Das möchte ich allerdings unbedingt vermeiden. Das besprechen wir aber besser nicht am Telefon. Sie wissen ja alles. So werden Sie mich leicht finden. Kommen Sie doch einfach gleich mal vorbei. Dann klären wir die Einzelheiten.«
Jan hörte ein kurzes Knacken und dann nur noch das Tütüt der Telekom. Der dreiste Apotheker hatte aufgelegt. Jan knallte den Telefonhörer in die Gabel und verließ die Zelle. Es ärgerte ihn zwar, nicht mehr erreicht zu haben. Er hatte aber auch nicht ernsthaft erwartet, mit nur einem Anruf die Quelle wieder zum Sprudeln zu

bringen. Entschlossen stapfte er zur Apotheke. Im Vorbeigehen sah er eine Kundin vor der Kasse. Jan blieb am nächsten Schaufenster stehen, simulierte Interesse an dem Überangebot von Brillenfassungen und wartete, dass die Apotheke kundenfrei wurde. Bald kam eine weißhaarige Frau mit praller Handtasche Jan entgegen.

Von draußen überzeugte sich Jan, dass sich keine Kunden in der Apotheke aufhielten. Forsch betrat er die Apotheke und fixierte mit strenger Miene den Mitte fünfzigjährigen Mann im Weißkittel hinter dem Ladentisch. Bevor der grüßen konnte, polterte Jan los: »Ich nehme an, wir haben eben telefoniert und Sie wissen, worum es geht.« Angesichts des doppelt so Alten hatte er sich fürs Siezen entschieden.

»Es ist gut möglich, dass wir eben telefoniert haben. Worum es geht, weiß ich allerdings nicht.«

»Sie sollen Ihre monatlichen Zahlungen wieder aufnehmen«, fauchte Jan.

Der Apotheker schaute ebenso ratlos wie harmlos: »Wofür sollte ich Ihnen Geld geben?«

»Nun kommen Sie mir nicht so. Sie wissen ganz genau, dass Sie sich nur so mein Schweigen sichern können. Wenn Sie sofort wieder jeden Monat überweisen, will ich großzügig über die einjährige Unterbrechung hinwegsehen. Die Weltwirtschaftskrise hat wahrscheinlich sogar Ihren Laden hier gebeutelt.«

Der Gesichtsausdruck des Weißkittelträgers erhellte sich: »Ich habe die Sano-Apotheke erst vor einem Dreivierteljahr übernommen. Dann geht es vermutlich um meinen Vorgänger.«

Darauf wusste Jan auf die Schnelle nichts zu erwidern.

Darum fuhr der Erhellte munter fort: »Ja, ja, der Wolewski. Erst drehte er mir diese Bruchbude an. Und nun kommt auch noch raus, dass der Gauner selbst erpresst wurde. Wer hätte das gedacht, ausgerechnet der ehrenwerte Herr Doktor Michael Wolewski!«

Jans Körper setzte aus. Die Knie erweichten, die Haut nässte, die Hände zitterten. Er hörte nur noch dumpf und sah verschwommen. Halt suchend schwankte er nach draußen. Einen Augenblick stützte er sich an die Hauswand und bemühte sich, tief und gleichmäßig zu atmen. Sein Blick schärfte sich wieder. Weit entfernt stand eine Bushaltestelle mit einer Wartebank. Er holte tief Luft, als ob er bis dorthin tauchen müsste, und wankte die fünfzehn Meter zu der Rettungsstation. Klitschnass ließ er sich auf das Hartplastik plumpsen. Erschöpft lehnte er den Kopf an die schmutzige Glaswand hinter sich. Er spürte aufsteigende Übelkeit. Mit Entsetzen stellte er sich vor, jetzt auch noch kotzen zu müssen. Dann würden ihn sämtliche Passanten für sturzbetrunken halten und womöglich noch den Notarzt oder gar die Polizei rufen. Völlig erledigt schloss Jan die Augen.

7.

Tina Teschke hatte den merkwürdigen Dialog ihres Vaters mit dem jungen Mann durch den Türspalt aus dem Hinterzimmer der Apotheke mitbekommen. Er hatte sie sogar vorher darum gebeten: »Da hat eben ein komischer Knülch angerufen. Der kommt eventuell gleich noch vorbei. Behalte den bitte ein bisschen im Auge.«

Die Apothekertochter nickte und konzentrierte sich wieder auf ihr Bewerbungsschreiben. Dafür benutzte sie lieber den PC-Drucker der Apotheke. Der schob vorzeigbarere Seiten heraus als ihr ausgeleierter Schmierfink zu Hause. Ihr Vater schätzte ihre Anwesenheit, besonders wenn, wie heute, Frau Zöpfel, die angestellte Apothekenhelferin, freihatte. Dann konnte er auch mal zur Toilette gehen, ohne die Ladentür abzuschließen. Jetzt, wo Tina ihr Medizinstudium voll-endet hatte, würde sie sich hier wahrscheinlich bald gar nicht mehr aufhalten.

Als der Fremde aus der Apotheke taumelte, war Tina zur Eingangs-tür gesprungen. Sie beobachtete, wie der Kollabierende zur Bushal-testelle torkelte und auf die Bank sank. Sie schnappte sich einen klei-nen Plastikbecher, füllte ihn mit Leitungswasser und eilte zu ihm.

8.

Jan hörte dumpf wie aus weiter Entfernung: »Hier, trinken Sie ein Schluck Wasser.« Benommen hob er den Blick. Direkt vor sich flim-merte etwas Helles. Dahinter schimmerte das Gesicht eines Engels. Blonde Haare umrahmten in sanften Wellen die weichen Züge eines Mädchengesichts. Das Blau ihrer Augen belebte Jans trübe Schwarz-Weiß-Sicht. Die Welt um ihn herum wurde wieder farbig. Er spürte immer noch aufsteigende Übelkeit. Mit unsicherer Hand ergriff er den Becher, setzte ihn an die Lippen und schluckte. Bestürzt befürchtete er, damit jetzt einen unkontrollierbaren Reflex auszulösen, und dem Engel in das Gesicht speien zu müssen. Den Katholiken droht für solch einen Frevel gewiss das Fegefeuer. Selbst als Ungläubiger graute ihm vor einer biblischen Strafe. Jans auto-matisches Steuerungssystem justierte die Funktionen seines Körpers wieder in den Normalbetrieb. Er atmete dreimal bewusst tief durch, setzte sich aufrecht hin und sprach die Samariterin an: »Vielen Dank. Das kam im rechten Augenblick.«
»Haben Sie öfter diese Schwächeanfälle?«
»Das war mein Erster.«

»Was könnte die Ursache gewesen sein?«

Jan erschrak. Das Versagen des Körpers und die Hilfe des Engels hatten den Schock verdrängt. Jetzt kehrte er zurück. Doch diesmal traf er Jan nicht mehr völlig unvorbereitet. Stockend erklärte er: »Doktor Michael Wolewski war mein Vater. Ich hielt ihn, seit ich sechs Jahre alt war, für tot. Offiziell war er verschwunden, kurz nach dem tödlichen Unfall meiner Mutter. Ich bin immer davon ausgegangen, dass er sich das Leben genommen hatte, und man mir nur nicht die Wahrheit sagen wollte.«

»Na vor einem Dreivierteljahr lebte er noch hier in Berlin. Ich habe ihn zwar nie gesehen, aber mein Vater mehrmals. Zum 1. Oktober 2008 hat er dessen Apotheke übernommen.«

»Haben die beiden noch Kontakt?«

»Nicht dass ich wüsste.«

Jan ballte seine Fäuste: »Was muss mein Vater für ein Egoistenschwein sein! Einfach abzuhauen und sein einziges, bereits halbwaises Kind Oma und Opa aufs Auge zu drücken.«

Tina senkte beschämt den Blick.

Jan meckerte weiter: »Jetzt verstehe ich auch diese merkwürdigen Überweisungen auf das Sonderkonto meines Opas. Mein Rabenvater wollte sich aus seiner Verantwortung freikaufen. Klar, deshalb endeten die Zahlungen auch letztes Jahr, als ich mein Studium abschloss und den ersten Job antrat. Und ich dachte, mein Opa erpresst die Sano-Apotheke.«

Tina schüttelte missbilligend den Kopf: »Ach, und das wolltest du jetzt fortführen. Du scheinheiliger Erpresser.« Jans Offenheit ermunterte sie, den gleichaltrigen zu duzen.

Jan registrierte das dankbar: »Dass Opa das beinah zwanzig Jahre verheimlichen konnte, ist fast bewunderungswürdig. Er hat es mir noch nicht einmal letzten Sonntag verraten, als ich ihn wegen der regelmäßigen Überweisungen befragte.«

»Hast du ihm gesagt, was du vorhattest?«

Jan nickte verlegen: »Er wollte das nicht. Er hat mir sogar angeboten, das ganze Geld zu überschreiben, wenn ich in dieser Sache nicht weiter rumstochere.«

»Aber da hatte dich die Gier bereits gepackt.«

»Stimmt, aber das entlastet weder meinen verschwundenen Vater noch meinen verschwiegenen Opa.«

»Immerhin hat dein Opa das Geld für dich gespart. Während du ein krummes Ding drehen wolltest.«

Jan schnaufte schuldbewusst. Dann strahlte er sie an: »Ein Glück, dadurch habe ich nicht nur erfahren, dass mein Vater noch lebt, sondern obendrein die hübscheste Berlinerin kennengelernt.«

»Danke. Wobei du kaum einen schlechteren ersten Eindruck hättest vermitteln können.«

Jan nickte zerknirscht: »Soll ich mich bei deinem Vater entschuldigen?«

Schweigend gab Tina ihm einen winzigen Pluspunkt, ein Nichts im Meer der Minuspunkte: »Das lass mich mal lieber machen. Sonst giftet ihr euch doch gleich wieder an. In der Hinsicht ähnelt ihr euch ziemlich.«

Jan schaute auf die Uhr: »Ich habe noch einige Stunden bis zur Rückfahrt. Ich lade dich zum Mittagessen ein, allein zur Wiedergutmachung.«

»Das ist nett. Aber das geht jetzt nicht. Wo musst du denn hin?«

»Nach Hamburg.«

»Was für ein Zufall, ich will mich für eine Stelle in Hamburg bewerben.«

»Für was, bei wem?«

»OP-Ärztin in Hamburg-Eppendorf.«

»Oh, so jung und Ärztin. Glückwunsch. Ich habe kürzlich gelesen, dass die Uni-Klinik in Eppendorf das modernste Krankenhaus in Europa geworden sei.«

»Deshalb erwäge ich ja auch den Umzug aus der bankrotten Hauptstadt in das Dorf.«

Erst stutzte Jan, dann lachte er: »Ach du meinst Eppendorf. Das ist ein Stadtteil in Hamburg wie Wilmersdorf in Berlin. Dörfliches gibt es bei beiden längst nicht mehr.« Er fummelte in der Innentasche seiner Jacke, zückte eine Visitenkarte und reichte sie ihr: »Hier hast du meine Handynummer. Versprich mir, dass du mich anrufst, wenn du zum Vorstellungstermin nach Hamburg kommst. Dann lade ich dich dort zum Essen ein.«

Tina las die Karte: »Oh, Diplom-Ingenieur bei Airbus, alle Achtung!«

»Ich meine es ernst. Ruf mich bitte an. Ich weiß, wo wir lecker speisen können.«

Tina schnaufte: »Erst mal hoffe ich, dass die mich überhaupt sehen wollen.«

Jan griente: »Dafür bräuchtest du denen nur ein simples Passfoto mit Telefonnummer schicken. Die könntest du mir übrigens auch gleich geben. Dann kann ich vorher immer mal deine Stimme hören.«

Tina schmunzelte engelhaft: »Schönen Tag noch, Jan.« Dabei drehte sie sich um und schritt mit natürlich wiegenden Hüften zur Apotheke.

»Verrate mir wenigstens noch deinen Namen«, rief Jan ihr hinter her.

»Tina Teschke.« Beim Wenden des Kopfes wehten ihre Haare.

Jan hoffte, als sie die Ladentür erreichte, dass sie ihm im letzten Augenblick noch ein Lächeln spendieren würde. Doch sie verschwand, ohne sich umzublicken.

23

9.

Zurück in der Apotheke empfing ihr Vater sie mit: »Na, konntest du den Möchtegernerpresser gut verarzten?«

»Mitunter ist ein Glas Wasser die beste Medizin.«

»Erzähle das bloß nicht meinen Kunden.«

»Das war übrigens Jan Wolewski. Er hielt bis eben seinen Vater, Doktor Michael Wolewski, für tot. Das hat ihn umgehauen.«

»Trauriges Beispiel für die Volksweisheit, dass ein Apfel nicht weit vom Stamm fällt. Wenn der Vater ein Bescheißer ist, wird sein Sohn Erpresser.«

»Jan war aber noch sehr jung, als er seine Eltern verlor.«

»Womit mal wieder die Vererbungstheorie bestätigt wäre.«

Tina verdrehte die Augen: »Tatsache ist jedenfalls, dass er sich bei dir entschuldigen wollte. Was ich hiermit für ihn erledigt habe.«

Der Apotheker meckerte weiter: »Tatsache ist ebenfalls, dass diese Apotheke nicht viel abwirft.«

»Deshalb war sie ja auch deutlich günstiger als die beiden anderen, die zur Auswahl standen.«

»Stimmt, da hatte ich allerdings noch angenommen, dass sich der Umsatz steigern lässt. Stattdessen droht über kurz oder lang an der nächsten Ecke eine Apothekenneueröffnung. Die Lage ist dort wesentlich besser.«

»Das wusste Dr. Wolewski auch nicht. Damals residierte dort noch eine Bankfiliale. Die ist jetzt geschlossen worden, weil es in Berlin einfach zu viele davon gibt. Besonders seit die Kunden sich zu Hause per Onlinebanking lieber selbst bedienen. Wer weiß, was den Apotheken noch bevorsteht? Ich wundere mich jedenfalls, wie viele es in Berlin gibt.«

»Vielen Dank für die ermunternde Diagnose, Frau Doktor.«

Tina verzog sich in das Hinterzimmer, um ihre Bewerbungsmappe zu vervollständigen. Sobald sie fertig war, e-mailte sie die Onlinebewerbung. Die hätte sie zwar vorher senden können. Doch so fühlte sie sich gewappneter für den Fall, dass diese Mappe umgehend angefordert werden sollte.

10.

Zurück in seiner Wohnung in Hamburg-Altona durchsuchte Jan das Internet nach seinem Vater. Die Suchprogramme überboten sich mit vermeintlichen Treffern für ähnliche Namen. Aber *den* Doktor Michael Wolewski fanden sie nicht. Eine amerikanische Ahnenforschungsorganisation behauptete, Informationen über Wolewski gespeichert zu haben, verlangte aber Jans Kreditkartennummer für eine flotte Vorauszahlung. Jan brach die Recherche ab. Am Sonntag bei seinem nächsten Besuch bei Horst, seinem Opa, würde er hoffentlich mehr erfahren.

Beim Einschlafen dachte er an seinen Vater, den herzlosen Raben. Im Schlaf verwandelte sich ein schwarzer Vogel in die Gestalt eines monströsen Elefanten im weißen Kittel. Die Nähte drohten bei jeder Bewegung zu platzen. Dann würde Erbrochenes herausspritzen und Jan ins Gesicht klatschen. Dem würde er nicht entkommen können. Das war absolut sicher. Zum Glück schwebte ein blonder Engel mit einem Stapel weißer Papierservieten herbei. Damit könnte er sich dann wenigstens die Augen wieder frei wischen.

11.

Am Sonntag war es auf Opas sonnigem Balkon in der Wohnanlage so heiß, dass sie lieber drinnen blieben. Jan erzählte, wie er beim Rechtsanwalt Lambrecht von der Sano-Apotheke erfahren hatte.

Opa zeigte keine Reaktion. Jan blieb unklar, ob er sich nur beherrschte oder ihm der Name tatsächlich nicht bekannt war.

Jan fragte: »Weißt du, von wem der Apotheker die Sano-Apotheke übernommen hat?«

Horst schaute ahnungslos.

Jan triumphierte: »Doktor Michael Wolewski. Den wirst du ja wohl kennen.«

Horst presste die Lippen, senkte den Blick und nickte.

»Weißt du, was das bedeutet?«

Horst flüsterte: »Dein Vater hat die Sano-Apotheke in Berlin verkauft.«

»Dein Sohn hat dir all die Jahre über den Anwalt Geld überwiesen. Für dein Schweigen?«

Opa schaute Jan bedauernd an: »Es war für dich. Ich wollte es nicht. Aber Michael bestand darauf.«

»Hast du ihm gemeldet, dass ich mein Diplom und meine erste Anstellung bekommen habe?«

Horst schüttelte den Kopf. Er wirkte niedergeschlagen.

Jan bohrte weiter: »Tatsache ist, dass er ab dem Monat nicht mehr zahlte, ab dem ich mein erstes Gehalt bezog. Woher wusste er das?«

Horst hob und senkte seine Schultern.

Jan spürte, dass er seinen Groll nicht mehr lange bändigen konnte: »Ich finde, ich habe ein Recht darauf, nach zwanzig Jahren endlich die ganze Wahrheit zu erfahren. Du erzählst mir jetzt auf der Stelle alles. Und komm mir ja nicht mit Gedächtnislücken und Halbwahrheiten!«

Horst schnaufte und blickte Jan lange in die Augen. Dann überwand er sich: »All die Jahre habe ich geahnt, dass dieser Moment einmal kommen wird. Besonders als du noch jünger warst, befürchtete ich deine strenge Verurteilung. Für Jugendliche gibt es nur gut oder böse. Sie unterscheiden nur zwischen schwarz oder weiß. Dass das wahre Leben gräulich ist, lernen sie erst später. Heute befürchte ich mehr, dass du mir nicht glauben wirst, wie wenig ich tatsächlich weiß.«

Sie blickten sich schweigend an. Jan verkniff sich, zu drängen.

Horst sammelte Kraft: »Als du geboren wurdest, forschte dein Vater bereits einige Jahre sehr erfolgreich bei Pharmelli, dem Pharmakonzern in Hamburg. Deine Mutter hatte, als sie schwanger wurde, aufgehört, als Biologin an der Uni zu arbeiten. Mit Anfang dreißig kündigte Michael seine hoch dotierte Position in der Forschung und eröffnete sein eigenes Labor. Das überraschte alle, zumal sein Labor nicht forschte, sondern nur die alltäglichen Wald- und Wiesenanalysen für die Krankenhäuser und Ärzte der Umgebung erledigte. Er hat mir nie einen einleuchtenden Grund für seine Entscheidung genannt. Er war immer etwas verschlossen. In diesen Jahren verstärkte sich das, bei deiner Mutter übrigens auch. Wenige Monate nach dem Fall der Mauer, es war noch Winter, verunglückte deine Mutter. Sie hatte ihre Eltern aus Braunlage im Harz abgeholt.«

Jan unterbrach seinen Opa. »Was ist eigentlich genau passiert?«

»Der Lkw-Fahrer, der hinter ihr fuhr, hat geschworen, dass deine Mutter, als sie aus dem Tunnel herausfuhr, so scharf bremste, dass ihr Fiat auf der schneematschigen Straße ins Schleudern geriet, das Brückengeländer durchstieß und in den Abgrund stürzte. Die Rettungsmannschaft brauchte lange, um zum Wrack zu gelangen. Sie fanden deine Mutter und ihre Eltern tot.«

Jan erinnerte sich, dass er damals wochenlang immer, wenn er einen ähnlich klingenden Fiat in der Nähe hörte, glaubte, seine Mutter käme doch noch zurück.

»Michael, dein Vater, trauerte irgendwie anders, als ich das bei anderen kannte. Er wirkte verängstigt. Er machte sich auch große Sorgen um dich. Leider begründete oder erklärte er mir nie seine Furcht. Dann kam der zweite Schock. Für mich fast so niederschmetternd wie der Unfall deiner Mutter.«

Opa verstummte, als ob er neuen Mut schöpfen musste: »Dein Vater bat Oma und mich, dich aufzunehmen und großzuziehen, weil er verschwinden müsse. Zu unserer eigenen Sicherheit sollte ich nie versuchen, mit ihm in Kontakt zu kommen. Dieser Berliner Rechtsanwalt Lambrecht hatte ein Konto eingerichtet und jeden Monat Geld für deinen Unterhalt überwiesen. Michael habe ich seit dem nie wieder gesehen.«

Jan sah, wie Horst mit den Tränen kämpfte. Er umfasste Opas zitternde Hände. Das beruhigte ihn. Jedenfalls schaute Horst ihn nach einer langen Schweigeminute mit glänzenden Augen an und nickte aufmunternd.

Erst jetzt wagte Jan zu fragen: »Das heißt, du hast ihn nicht gesucht, und er hat sich nicht gemeldet. Neunzehn Jahre lang? Ich kann es nicht glauben. Noch nicht einmal zum Geburtstag gratuliert? Keine Weihnachtsgrüße?«

»Nein. Ich kann mir vorstellen, wie schwer es dir fällt, mir zu glauben.«

»Wusstest du denn von der Apotheke?«

Opa schüttelte den Kopf.

»Dann gab es all die Jahre nicht den geringsten Kontakt?«

Horst schloss die Augen und legte Kopf in den Nacken. Dann erhellte sich seine Miene: »Doch, es gab drei Anrufe von dem Rechtsanwalt.«

»Was wollte der denn?«

»Beim ersten Mal, wenige Tage nachdem du das Abitur bestanden hattest, ließ er sich das von mir bestätigen. Daraufhin erteilte er mir im Auftrage seines Mandanten die Anweisung, dir 6.000 Euro von dem besagten Konto auszuzahlen. Davon solltest du dir ein Auto kaufen.«

Jan unterbrach ihn: »Ich konnte damals mein Glück kaum fassen. Der Traum eines jeden Jungen in dem Alter wurde wahr. Kam die merkwürdige Kalkulationsanweisung auch von ihm?«

Horst lachte: »Na klar, darauf wäre ich selbst nie gekommen.«

Jan erinnerte sich: »Ich sollte mir ausrechnen, wie viel für Steuern, Versicherung und Betriebskosten anfallen werden, bis ich eigene Einkünfte haben werde. Nur von dem Rest sollte ich mir einen Gebrauchtwagen kaufen.«

Horst strahlte: »Ich fand das toll, dass du das auch genauso durchgezogen hast.«

»Anfangs ärgerte es mich. Für 6.000 Euro hätte ich mir damals einen schicken Flitzer kaufen können. Aber so reichte es nur für einen lahmen Toyota. Dafür fahre ich die Reisschüssel heute noch und brauchte mich nie in den Semesterferien für idiotische Knochenjobs verdingen, um die Autokosten bezahlen zu können.«

»Da siehst du mal, wofür Rechnen gut sein kann. Ahnst du, worum es bei dem zweiten Anruf des Anwalts ging?«

»Nun sag«, drängte Jan seinen Opa.

»Dein Studienjahr in Boston an der M.I.T. (Massachusetts Institute of Technology).«

Jan verschlug es die Sprache. Genauso wie damals, als Horst ihm das vorgeschlagen hatte. Er sollte zunächst die Gesamtkosten budgetieren. Er war auf knapp 20.000 Euro gekommen. Sein Opa hatte ihm 21.000 Euro zugesagt. Die hatten dann auch gut gereicht.

Jan schwärmte:»Weißt du eigentlich, dass ich überzeugt bin, durch dieses Jahr in den USA hier den besten Job ergattert zu haben? Wenn ich so sehe, wo meine Kommilitonen gelandet sind.«

»Das hast du deinem Vater zu verdanken.«

»Beim dritten Anruf wollte er wahrscheinlich wissen, ob ich jetzt selbst Geld verdiene?«

Opa nickte:»Ich habe das alles nicht gewollt, konnte es aber auch nicht ändern.«

Das zwei Jahrzehnte alte Grollgebirge gegen seinen Vater, das Jan in den letzten Tagen sogar noch aufgetürmt hatte, bröckelte ein wenig.

12.

An den nächsten drei Feierabenden führte Jan Entrümpelungsunternehmer durch Opas halb leeres Einfamilienhaus. Alle versprachen ihm als kostenlose Nebenleistung, den schweren Schreibtisch unversehrt in seiner Wohnung in Hamburg-Altona aufzustellen. Ansonsten blieben die Angebote vage. Alle bezweifelten, dass die Verkaufserlöse die Abhol- und Entsorgungskosten übersteigen würden. Jan entschied sich für die nach Mottenkugeln duftende Mutti, die für ihre vier Söhne akquirierte. Die Korpulente schrieb auf die Rückseite ihrer Visitenkarte.

`Maximal 1.000 € incl. Schreibtisch nach Altona`

Innerhalb von drei Tagen, spätestens am Mittwoch in der nächsten Woche, sollte das Haus leer und besenrein sein. So konkret hatten sich die Mitbewerber an den Vorabenden nicht festgelegt. Am Mittwoch, kurz vor Mitternacht, hatten die tätowierten Muskelpakete das Ziel tatsächlich erreicht.

An den folgenden Abenden traf sich Jan mit Malermeistern. Die wussten zwar genau, was sie für das weiße Überpütschern sämtlicher Innenwände haben wollten, wurden jedoch beim Fertigstellungstermin schwammig. Jan beauftragte den Mittelteuren, weil der wenigstens nach strenger Befragung versprach: »Auf jeden Fall bis Ende nächster Woche.« Das Versprechen wurde am Sonntagnachmittag eingelöst.

In der darauf folgenden Woche zeigte Jan drei Maklern den Farbduftpalast. Die Hausverkäufer stöhnten unabhängig voneinander über die Weltwirtschaftskrise im Allgemeinen, die ungünstige Wohnlage Hamburg-Lurup und die veraltete Bausubstanz.
Erst als Jan sie fragte, ob er sich besser an einen anderen Makler wenden sollte, bekundeten sie Interesse, allerdings nur auf Basis eines Exklusivauftrags. Jan unterschrieb den Vertrag von Herrn Nadler, weil er ohne Augenflattern und Ausflüchte versicherte, das Haus auch an Wochenenden Interessenten zu zeigen.

Sein Opa hatte ihm mehrfach angeboten, selbst in das Haus einzuziehen. Jan hatte es immer wieder mit der Begründung abgelehnt, dass es ihm zu groß und zu teuer wäre, und ihm die Pflege von Haus und Garten zu viel Zeit rauben würde. Tatsächlich befürchtete er, dass dann Horst wieder zurückkommen würde, und er sich erheblich mehr um Opa kümmern müsste. Obendrein reizte es ihn viel mehr, alleine in einer eigenen Wohnung in der Stadt zu leben. Hier draußen im Vorort überwogen die Vorteile für Familien mit Kindern, aber danach trachtete Jan gegenwärtig nicht.

In dieser Zeit hatte Jan immer seltener an seine Erlebnisse in Berlin und an seinen Vater gedacht. Ein wenig bedauerte er, dass sich Tina nicht wieder gemeldet hatte. Während der Arbeitszeit registrierte sein Handy, nur ohne zu dudeln, wer angerufen hatte. Zu Hause ging Jan dann immer die Liste der Anrufer durch. Am Freitagabend begann eine Nummer mit 030, der Berliner Vorwahl. Sein Herz pochte. Das konnte nur Tina sein. Er schrieb sich sofort die Nummer auf und tippte auf Rückruf.

Es meldete sich ein Anrufbeantworter. Die schnoddrige Stimme leierte die Kanzleiöffnungszeit herunter. Enttäuscht nahm Jan sich vor, am Montag gegen 11 Uhr bei Lambrecht anzurufen.

Er erwog mal wieder, in der Apotheke nach Tina zu fragen, traute sich aber nicht. Sein erster Auftritt bei denen war ihm einfach zu peinlich. Da Tina sich nicht gemeldet hatte, sah sie es wahrscheinlich genauso. Deshalb wusste er nicht, dass Tina von ihrem zweiten Vorstellungsgespräch aus Hamburg zurückgekehrt war. Bei dem ersten Termin vor knapp zwei Wochen hatte sich nur eine Verwaltungszicke aus der Personalabteilung mit ihrem Lebenslauf beschäftigt. Tinas fachliche Fragen hinsichtlich der zu besetzenden Position blieben leider unbeantwortet. Dementsprechend enttäuscht war Tina damals nach Hause gefahren. Wie beim vorherigen Besuch in Hamburg hatte sie auch diesmal Jan nicht informiert. Es wäre ihr unangenehm, ihm eventuell gestehen zu müssen, nicht genommen worden zu sein. Heute hatte sie den Chef kennengelernt. Er hatte ihr nicht nur alle Fragen beantwortet, sondern auch noch den Betrieb gezeigt. Die technische Ausstattung der Operationsräume übertraf Tinas Erwartungen. Sie war beeindruckt und hatte auch den Chef beeindruckt. Jedenfalls sagte er ihr die Stelle zu, vorausgesetzt der Betriebsrat legte kein Veto ein. Da aber alle Formalien erfüllt wurden, wäre das praktisch ausgeschlossen. Juchzend verließ Tina das Krankenhausgelände. Auf dem Bahnhof beim Warten auf den ICE-Zug verwarf sie den Gedanken, jetzt Jan anzurufen. Das käme einem Überfall gleich und würde auch ihre gebuchte Rückfahrt gefährden. ‚Erst wenn der Vertrag unterschrieben ist‘, ermahnte sie sich. Und so einen unwiderstehlichen Eindruck hatte der flotte Ingenieur nun wirklich nicht hinterlassen.

Jan grübelte das ganze Wochenende, was der Advokat von ihm wollte. Hoffentlich keine dreiste Rechnung ankündigen oder ihn für seine eigenmächtige Akteneinsicht rügen oder gar büßen lassen.

Am Montag wurde Jan sofort zu Herrn Lambrecht durchgestellt. Dessen Dröhnstimme kam augenblicklich auf den Punkt, als ob die Telefongebühren nach Silben abgerechnet würden: »Hallo Herr Wolewski, was ist aus ihren Nachforschungen geworden?«
Jan fasste sich noch kürzer: »Mein Vater hat zum 1. Oktober 2008 die Sano-Apotheke an Herrn Teschke verkauft.«
»Mir liegt ein versiegelter Umschlag meines Mandanten vor. Den schicke ich Ihnen, wenn Sie mir kurz schriftlich geben, was Sie mir eben mitteilten.«
»Was, einfach nur den Satz ‚Mein Vater hat ...‘?«
»Genau. Vorweg gerne noch ‚Lieber Herr Lambrecht, wie telefonisch besprochen:‘ Und zum Schluss wäre ein ‚Mit freundlichen Grüßen Jan Wolewski‘ ganz nett.«
»Kann ich machen. Aber was soll das?«
»Nur so darf ich Ihnen den Umschlag schicken.«

Jan setzte sich sofort an seinen PC und tippte den gewünschten Einzeiler. Das ‚lieber Herr‘ kostete Überwindung. Jan verkniff sich jedes weitere Wort. Je weniger Wörter er schrieb, desto weniger konnte der Anwalt sie ihm im Munde umdrehen.

Am Dienstagmorgen auf dem Weg zur Arbeit schickte er den Brief ab. Zwei Tage später fand Jan abends in seinem Briefkasten eine Benachrichtigung der Post für ein Einschreiben, das er gefälligst bald persönlich beim Postamt in Hamburg-Altona abzuholen habe. Die Postler schonenden Öffnungszeiten erlaubten Jan, dem Überstundenfreudigen, die Poststation erst am Samstag aufzusuchen. ‚Das steigert immerhin die Spannung', ärgerte er sich.

Halb Altona schien sich am Samstagvormittag im Postamt zu versammeln. Von den zehn Schaltern waren zwei besetzt. Vor denen wurde in langen Warteschlangen die Geduld der Kunden strapaziert. Endlich wieder in seinem Toyota konnte Jan vor Neugierde nicht losfahren. Mit den bloßen Fingern riss er den großen Umschlag vom Anwaltsbüro auf und zerrte den Inhalt heraus, ein weißes Stück Papier in DIN A5-Größe und eine bräunliche Pappschachtel. Das Formularanschreiben mit dem Kreuzchen bei ‚zum Verbleib' und einer krakeligen Unterschrift unter den vorgedruckten ‚freundlichen Grüßen' stopfte Jan gleich wieder zurück in das Kuvert. Der flache Karton war circa fünfzehn Zentimeter lang und breit und eineinhalb Zentimeter dick. Jan schüttelte das Leichtgewicht. Kein Geräusch half ihm, den Inhalt zu erraten. Die stabile Pappe war ringsherum vollständig mit grauem Gewebeklebeband versiegelt. ‚Dafür braucht man mindestens ein Schweizer Taschenmesser', grollte Jan.

Erst zu Hause in der Küche gelang es ihm mit dem spitzen Küchenmesser und einer kräftigen Schere, zum Inhalt vorzudringen. Jan zog drei Disketten heraus. Er war enttäuscht. Zumal es auch noch die großen wabbeligen waren. Von dieser Fünfeinviertel-Zoll-Version hatten ihm alte Männer erzählt. Jan hatte die noch nie in der Hand gehabt. Er kannte die festen Dreieinhalb-Zoll-Disketten. Die starben allerdings aus, als er vor zehn Jahren seinen ersten PC bekam. Was sollte er mit den antiken Floppys? Auf den Etiketten standen Zahlen, fein säuberlich mit einem schwarzen Filzschreiber geschrieben:

```
Tab. 1985-86
Tab. 1987-88
Text 1985-88
```

Jan war überzeugt, dass es sich um Jahreszahlen handelte. Da Lambrecht den Karton geschickt hatte, stammten die Datenfossilien wahrscheinlich von seinem Vater. ‚Was hatte er vor über zwanzig Jahren für so wichtig gehalten, dass er es magnetisch gespeichert und einem Anwalt zur Aufbewahrung anvertraut hatte? Offenbar habe ich jetzt die Bedingungen erfüllt, die an die Weitergabe geknüpft waren.'

Leider war das Vermächtnis nur nicht mehr lesbar. ‚Wer könnte noch solch einen Steinzeitcomputer besitzen, der auch noch funktioniert?' Die Ausstattung der Hamburger Uni war zum Teil veraltet, aber ein altertümliches Floppy-Laufwerk war ihm nie aufgefallen.

Am späten Samstagnachmittag erinnerte sich Jan an den Chaos Computer Club in Hamburg. Über den Hacker-Verein war mehrfach in der Presse im Zusammenhang mit Datenschutz und Datenmissbrauch berichtet worden. Vielleicht verstanden die sich ja auch auf Datenhilfe. Die Telefonnummer fand Jan schnell. Beim Wählen bezweifelte er, dass sich jemand um diese Zeit melden würde. Er hatte Glück, sogar großes, dachte er jedenfalls.

Herr Fritz Bruch belehrte Jan zwar zunächst, dass der Chaos Computer Club dafür nicht der richtige Verein sei. Dennoch gestand Fritz persönliches Interesse, auszuprobieren, ob sein uralter Rechner mit den Fünfeinhalb-Zoll-Laufwerken noch funktionierte: »Der verstaubt seit Jahrzehnten in der hintersten Werkstattecke. Das war mein erster Rechner. Zu Hause war kein Platz mehr, darum deponierte ich ihn hier. Er war damals immerhin teurer als ein guter Gebrauchtwagen. Ich musste lange dafür sparen. Deshalb konnte ich ihn auch nicht einfach wegwerfen, als er veraltet war.«
Sie vereinbarten, dass Fritz zunächst den alten Hobel putzen und starten wollte. Im Erfolgsfall wollte er sich wieder melden.

Eine Stunde später brachte Jan die Disketten zum Chaos Computer Club nach Hamburg-Lokstedt. Es nieselte, wie so oft besonders an Wochenenden.

Fritz Bruch entpuppte sich als Spiddel mit dicker Brille. Das Fahlgesicht war mindestens doppelt so alt wie Jan, sein graues Resthaar ließ er höchstens halb sooft wie Jan kürzen. Auf dem Schreibtisch in der schummrigen Werkstatt rauschte das Gebläse des alten Rechners. In dem hohen Gerät flimmerte oben links eine schwarze Mattscheibe, unten ragte eine Tastatur heraus, rechts neben dem Bildschirm verzierten zwei schmale, waagerechte Schlitze den mattsilbernen Kasten. ‚Alles in einem Gehäuse ohne Kabel, eigentlich ganz praktisch‘, sinnierte Jan.

Fritz schob die Diskette ‚Tab. 1985-86‘ in die untere Öffnung und dozierte dabei: »Das ist das Laufwerk B:. Im oberen Laufwerk A: befindet sich das Programm. Festplatten gab es damals noch nicht. Jetzt verstehst du, warum heute die Festplatten den Buchstaben C:

tragen.« Er tippte blind auf der Tastatur. Jan las die weißen Buchstaben auf der schwarzen Mattscheibe.

```
dir b:
```

In Schwarz-Weiß ohne jegliche grafischen Verzierungen wirkt das extrem minimalistisch. Erst jetzt fiel ihm auf, dass es keine Maus für die Bedienung gab. Das Diskettenlaufwerk klackte. Ein Kontrolllämpchen daneben erstrahlte grün. Auf dem Bildschirm baute sich Zeile für Zeile eine kleine Tabelle auf.

Fritz freute sich: »Diese Diskette scheint tatsächlich noch lesbar zu sein. Es sind mehrere Dateien gespeichert. Ich könnte wetten, dass die Tabellen mit Visicalc und der Text mit WordPerfect erstellt wurden. Das waren damals die gängigen Programme.«

Routiniert wechselte er die Disketten. Auch die beiden anderen enthielten diese Dateien.

Jan fragte: »Kannst du mir die Daten so formatieren, dass ich sie auf meinem Windows-Rechner mit Excel und Word lesen kann?«

»Interessante Aufgabe. Die Formeln aus Visicalc und die Formatierung des Textes gehen eventuell verloren. Aber das war damals sowieso noch nicht so dolle.«

Jan nickte: »Mir geht es nur um den Inhalt.«

»Dann lass mir mal deine E-Mail-Adresse hier. Kann sein, dass die Konvertierung und der Transfer noch Stunden dauern.«

»Oh, dann ist ja ein Kasten Bier fällig.«

Fritz griente: »Superidee! Ruf mich an, wenn du die E-Mail-Anhänge lesen kannst. Dann vereinbaren wir, wann und wo wir die Disketten gegen einen Kasten Holsten tauschen.«

Jan lachte: »Holsten knallt am dollsten.«

13.

Wenn möglich, frühstückten Tina und ihre Eltern sonntags gemeinsam. Keiner schaute gehetzt auf die Uhr. Seit Jahren genossen sie diese Abweichung zum Alltag. Sie tauschten entspannt Neuigkeiten und Meinungen aus. An diesem Sonntag weite Tina ihre Eltern endlich in ihre beruflichen Pläne ein. Es war ihr überaus schwergefallen, noch nicht einmal ihrer Mutter etwas von ihren Vorstellungsgesprächen in Hamburg zu erzählen. Noch nie hatte sie etwas so Bedeutendes so lange verschwiegen. Sie war jetzt sogar ein bisschen stolz, es geschafft zu haben. Sie fühlte sich erwachsener. Das war ihr wichtig, weil sie immer noch bei Mama und Papa wohnte, und befürchtete, dadurch nicht richtig erwachsen zu werden. Was hätten der Apotheker und die ehemalige Krankenschwester auch zu dem Hamburgprojekt beitragen sollen? Tina vermutete eher, dass sie es ihr hätten ausreden wollen. Jetzt stellte sie die beiden vor die vollendete Tatsache.

Ihr Vater fing sich als Erster: »Was willst du denn in dieser Provinzgroßstadt?«

»Die haben dort immerhin die zurzeit modernsten OP-Einrichtungen in Europa.«

»Allerdings wenig Kultur und keinen Humor«, konterte er.

Ihre Mutter gab zu bedenken: »In Berlin kennst du so viele Leute, in Hamburg gar keine.«

Ihr Vater schnaubte: »Doch einen halbwaisen Hilfserpresser.«

Da ihre Mutter etwas verständnislos schaute, erklärte Tina: »Vati meint Jan Wolewski, den Diplom-Ingenieur bei Airbus.«

Mutter erinnerte sich: »Ach der Sohn von Dr. Wolewski.« Dann sorgte sie sich wieder: »Wo wirst du überhaupt wohnen?«

»Ich fange ja erst in über einem Monat am 1. Oktober dort an. Bis dahin finde ich eine Wohnung.«

Ihre Mutter versuchte, sich und Tina zu beruhigen: »Vielleicht kann dir ja dabei der junge Wolewski helfen. Ach, da fällt mir ein, dem könntest du bei der Gelegenheit auch die Briefe mitbringen, die wir für seinen Vater aufgehoben haben.«

Stunden später fand Tina einen Stapel ungeöffneter Briefe auf ihrem Schreibtisch. Alle an Herrn Dr. Michael Wolewski, Prenzlauer Allee 180 adressiert. Der Vorbesitzer hatte in einer der Wohnungen über der Apotheke gewohnt. Der Postbote hatte in alter Gewohnheit die Briefe in der Apotheke abgegeben. Ihr Vater hatte sie mit nach Hause gebracht, weil Dr. Wolewski ausgezogen war. Seine Frau hatte sie neben dem Nähkasten gesammelt und mit einer Glashalbkugel beschwert. Tina durchblätterte den kleinen Packen. Dabei achtete sie auf die Absender und entzifferte die Poststempel. Die Umschläge waren exakt nach Datum gestapelt, der älteste unten, der jüngste oben. Einen der oberen zog sie aus dem Stapel. Er stammte von der Polizei in Leer, Ostfriesland. Was wollten die von Jans Vater? Tina sortierte ihn mit der Sorgfalt einer Apothekertochter wieder chronologisch ein und legte die Briefe in die Reisetasche, die sie mit nach Hamburg nehmen wollte. ‚Hoffentlich kommt bald der Vertrag‘, dachte sie. Vorher wollte sie sich nicht bei Jan melden.

14.

Am Sonntagnachmittag fand Jan drei E-Mails mit Anhang im elektronischen Eingangskorb. Fritz Bruch fasste sich kurz. In den drei Nachrichten stand der gleiche Text:

Hallo Jan,

im Anhang sind die Excel- bzw. Word-Dateien.

MfG

Fritz

Jan öffnete die Excel-Datei. Sein Herz klopfte. Der Ladevorgang dauerte nicht länger, als er es gewohnt war. Die Bildschirmdarstellung unterschied sich auch nicht. In den Zeilen der Tabelle wurden chemischen Substanzen, die Konzentrationen und die Mengen in Milligramm aufgelistet. Die Bezeichnungen waren Jan fast alle unbekannt. Die letzte Spalte rechts war mit ‚Obduktionsbefund' betitelt. Die lateinischen Begriffe sagten ihm auch wenig. Enttäuscht brach Jan die Durchsicht der Tabellendateien ab. Er tröstete sich, dass sein Vater seine Berechnungen für die Hydraulik des Airbus-Fahrgestells wahrscheinlich auch nicht verstehen würde. Gespannt öffnete Jan die Word-Datei. Auch hier glichen das Laden und die Darstellung auf dem Bildschirm dem Üblichen. Dann begann Jan, den Text zu lesen:

‚Die folgenden Notizen sind nur für mich, Dr. Michael Wolewski, persönlich bestimmt. Sie haben den vertraulichen Charakter eines Tagebuchs, auch wenn ich früher Tagebücher für albernes Mädchengetue hielt.

Was ich niederschreibe, betrifft Dinge, die ich noch mit keinem Menschen besprochen habe und eventuell auch nie werde. Ich weiß, dass mir dadurch nicht nur das Schweigen leichter fällt, sondern auch, dass dadurch meine Entscheidungen fundierter und durchdachter werden. Da ich nur für mich schreibe, bemühe ich mich nicht um allgemeine Verständlichkeit oder geschliffene Formulierungen. Zu meinen Lebzeiten dürfen andere Personen diesen Text nur mit meiner ausdrücklichen Genehmigung lesen.'

Jan fühlte sich durch das Gehabe des Rechtsanwalts berechtigt, weiter zu lesen:

,Juli 1985.
Ich schreibe diese Notiz, damit die Wahrheit nicht nur in meinem Gedächtnis, sondern auch wenigstens einmal schriftlich festgehalten ist. Das menschliche Gedächtnis ist bekanntlich nicht nur flüchtig und vergänglich, sondern neigt auch dazu, im Laufe der Zeit die ursprüngliche Wahrheit neuen Bedingungen anzupassen. Ich fühle mich dazu verpflichtet, weil ich als Naturwissenschaftler gesündigt habe. Ich habe bei Pharmelli die Forschungsergebnisse bei Versuch-Nr. 1985/0025 gefälscht. Mir ist klar, dass ich das durch diese Notiz nicht wiedergutmachen kann. Es erleichtert mich aber, die Wahrheit wenigstens an dieser Stelle festzuhalten.

Alles fing, wie so oft, ganz harmlos an. Bei Versuch-Nr. 1985/0025 wurde das zu testende Präparat mit den üblichen Dosierungsvarianzen zehn Ratten verabreicht. Die Ratten befanden sich getrennt in parallelen Glaskanälen. Am ersten

Morgen danach wurden die toten Ratten aus dem ersten und zweiten Kanal entnommen. Am zweiten Morgen lagen tote Versuchstiere im dritten und vierten Kanal. Bei der Entnahme für die Obduktion gelang der Ratte aus dem vierten Kanal die Flucht. Sie hatte offenbar simuliert.

Was sollte ich machen? Ich sah drei Möglichkeiten:

1. Alarm schlagen und gemeinsam die Ratte wieder einfangen.
2. Stillschweigend die Flucht im Versuchsprotokoll notieren.
3. Verheimlichen.

Das Einfangen der flinken Simulantin wäre fast aussichtslos. Außerdem würde ich wahrscheinlich jahrelang von den Kollegen wegen dieser Ungeschicklichkeit gehänselt werden. Zumal diese Arbeit normalerweise von Assistenten erledigt wird. Ich hatte jedoch darauf bestanden, wenigstens bei einem meiner Projekte noch selbst aktiv mitzuarbeiten, um nicht zum reinen Schreibtischforscher zu werden. Einige der gleichrangigen Kollegen können darüber kaum ihr Kopfschütteln verbergen.

Die Flucht stillschweigend im Versuchsprotokoll zu erwähnen, wäre kein sicherer Schutz vor der Häme. So entschied ich mich, den Vorfall zu verheimlichen. Ich übernahm einfach leicht variiert das Obduktionsergebnis der dritten Ratte für die geflüchtete. Damit war mein Missgeschick vertuscht.

Dennoch muss ich immer wieder daran denken. Ich bin mir inzwischen hundertprozentig sicher, dass das vierte Versuchstier in Totenstarre gelegen hatte. Für mich gibt es nur eine Erklärung: Die Ratte im vierten Kanal hatte am Vortag beobachtet, dass nur die Toten aus den Glaskanälen geholt wurden. Am nächsten Morgen täuschte mich das Versuchstier, um zu entkommen. So viel Raffinesse hatte ich noch bei keinem Tier erlebt. Mir war auch kein ähnlicher Fall aus der Fachliteratur bekannt. Wenn es bei der Versuchsreihe nicht um die Behandlung von Defekten des Gehirns, insbesondere Alzheimer, ginge, würde ich das Ereignis als einmalige Kuriosität einstufen. Doch dieser Fall spornt meinen Forschungsdrang noch mehr an.

Bei Versuch-Nr. 1985/0026 wiederholte ich exakt die Versuchsbedingungen des vorherigen Versuchs. Um Rückfragen, wozu das gut sein sollte, auszuschließen, erfand ich abweichende Dosierungen. Diese fingierten Daten zu protokollieren, fiel mir sehr schwer. Meine Achseln schwitzten, meine Finger zitterten und ich fühlte mich so schmutzig, dass ich mir ohne objektiven Grund die Hände waschen musste. Erst als ich abends zu Hause die tatsächlichen Daten des Versuchs in der Visicalc-Tabelle erfasste, linderte sich mein Unwohlsein etwas.'

Handygedudel riss Jan aus der Lektüre. Leicht genervt schaute er auf das Display. Er las eine unbekannte Handynummer. ‚Wer ruft denn am frühen Sonntagabend an?' Am liebsten hätte er sich gar nicht gemeldet, um Vaters Beichte weiter zu lesen. Doch so abgebrüht war er noch nicht.

15.

Tina presse ihr Handy an das Ohr und wartete. Sie wunderte sich, wie aufgeregt sie war. Den ganzen Sonntag hatte sie sich mit dem anstehenden Besuch in Hamburg beschäftigt. Die infrage kommende Kleidung hing außen am Kleiderschrank. Die restliche Dreiviertelstunde hatte sie im Internet nach passenden Wohnungen gesucht. Dabei war ihr bewusst geworden, dass ihr die Namen der Stadtteile, die meistens nur angegeben wurden, nichts sagten. Die aber offenbar viel für die Höhe der Miete bedeuteten. Endlich knackte es im Hörer. Jan Wolewski meldete sich.

»Hallo Jan, hier ist Tina Teschke aus Berlin. Erinnerst du dich?«

»Mein blonder Rettungsengel. Du hast dich ja als wahre Foltermeisterin entpuppt.«

»Icke?«, entfuhr es Tina vor Überraschung im Berliner Dialekt.

Jan lachte: »Seit über einem Monat warte ich auf deinen Anruf und fühlte mich, wie auf die Folter gespannt. Wann kommst du?«

»Nächsten Sonnabend, am 29. August.«

»Seit wann wird man denn am Samstag zum Vorstellungsgespräch empfangen? Da finden doch höchstens, wenn überhaupt, Notoperationen statt.«

»Ich will mir Wohnungen ansehen.«

»Glückwunsch, Frau Doktor. Dann hast du die Stelle bekommen. Toll! Ich zeige dir gerne, wo man gut wohnen kann, wo man das besser sein lassen sollte und, wenn du willst, wo man es leider nicht bezahlen kann.«

»Das Erste würde mir reichen.«

»Nimm den ICE bis Hamburg-Altona, dort hole ich dich ab. Sag mir nur noch, wann die Bahn hofft, dass der Zug ankommt.«

»Ich rufe dich wieder an, wenn ich den unterschriebenen Vertrag habe.« Tina freute sich, dass Jan seinen Sonnabend für ihre Wohnungssuche opfern wollte.

16.

Am Montagvormittag arbeitete Geheimrat Piefke still vor sich hin. So hieß er zwar nicht, wurde aber von allen in seiner Dienststelle so genannt. Er wusste es nur nicht. Den Spitznamen hatte man ihm verpasst, weil er mal vor vielen Jahren bedauert hatte, dass sie in seiner Abteilung nicht wie in anderen Bereichen des Bundesamtes für Verfassungsschutz ihre Identität mit Decknamen verschleierten. Die zu bearbeitende Tabelle auf dem Bildschirm war montags immer besonders lang. Sie bestand aus vier Spalten:

```
Datum  Absender  Empfänger  Suchbegriffe
```

In den Zeilen standen die E-Mails, die das Überwachungsprogramm seit Freitagabend herausgefiltert hatte. Bei Geheimrat Piefke und seinen Kollegen landeten nur die Treffer, die das Programm mit ‚bald' eingestuft hatte. Die mit ‚sofort' Klassifizierten wurden von den Schichtdienstkollegen sofort bearbeitet. Diese schnelle Truppe war 24 Stunden an 7 Tagen in der Woche im Einsatz. Die Kollegen wurden deshalb die 247er genannt. Die 247er bezeichneten die ‚bald-Bearbeiter' als Baldrianer. Das kränkte den Geheimrat zwar ein wenig, dennoch war Piefke lieber Baldrianer von montags bis freitags von 8 bis 17 Uhr als 247er im Schichtdienst an Wochenenden und Feiertagen. Dafür verzichtete er auf die spannenden Fälle, die bei ihm so gut wie nie auftauchten.

Geheimrat Piefke nahm sich die nächste Zeile vor. Dabei fiel ihm auf, dass die beiden folgenden identisch waren:

<u>Chaos Computer Club</u> J.Wolewski <u>Dr. M. Wolewski</u>

Die Unterstreichungen bedeuteten, dass dazu mehr Informationen abrufbar waren. Piefke wusste, dass sämtliche E-Mails der Hackerbande CCC überwacht wurden. Das hielt er zum Schutz der Verfassung auch für geboten. Die CCC E-Mails landeten aber nur bei ihm, wenn ein Suchbegriff gefunden wurde und der Computer den Fall für nicht ganz so dringend hielt. Geheimrat Piefke las die E-Mails von Fritz Bruch an Jan Wolewski. Da in den kurzen Anschreiben der zweite Treffer nicht auftauchte, öffnete Piefke den Anhang. Dort entdeckte er den markierten Namen gleich in der ersten Textzeile. Er klickte auf den Namen. Sekunden später öffnete sich die Akte über Dr. Michael Wolewski. Der Geheimrat stutzte, weil die Akte zuletzt 1991, also vor 18 Jahren, aktualisiert worden war. Jetzt wusste Piefke, wie er vorzugehen hatte. Er klickte auf ‚weiterleiten' und wählte den Standardtext ‚überprüfen'. Daraus ergab sich folgende Kurzmitteilung:

‚Wenn bei Jan Wolewski keine Auffälligkeiten, dann prüfen, ob Dr. Michael Wolewski aus dem aktiven Suchregister entfernt werden kann.'

Nach dem Absenden verschwanden die oberen drei Zeilen von Piefkes Bildschirm und wanderten in die Tabelle des Außendienstes, auch AD genannt. Die Baldrianer kannten die ADer nicht. Piefke wusste noch nicht einmal, wo die Wühlmäuse ihren Bau hatten. Wahrscheinlich überall, vermutete er. Da er so schnell gleich drei Zeilen abgearbeitet hatte, holte er sich ein Käffchen und gönnte sich ein Päuschen.

Bei den ADern waren Decknamen Vorschrift. Neue Mitarbeiter durften Vorschläge für ihren Decknamen machen. ‚Dnob' war noch frei gewesen und wurde akzeptiert. Dnob hatte sich gefreut. Er nahm an, dass bislang keiner dahinter gekommen war, dass er Bond, wie James Bond, rückwärts hieß.

Am Dienstagvormittag traf der Überprüfungsauftrag von Geheimrat Piefke bei Dnob im elektronischen Eingangskorb ein. Über wie viele Stationen die Nachricht bei ihm in Hamburg gelandet war, konnte er nicht feststellen. Das hatte ihn auch noch nie interessiert.

Dnob fand schnell heraus, dass nur der Aufenthaltsort von Jan Wolewski bekannt war. Leider war noch kein verdeckter Online-Zugang zu dessen PC eingerichtet. Deshalb suchte Dnob gegen 19 Uhr möglichst dicht bei Jan Wolewski Wohnung einen Parkplatz. Das war in Hamburg-Altona natürlich um diese Zeit praktisch unmöglich. Zum Glück gab es im Parterre eine Kneipe, in die trug Dnob seinen kleinen PC. Sein WLAN-Scanner entdeckte drei drahtlose Netzwerke in dem Gebäude, darunter auch Jan Wolewskis. Der surfte unverschlüsselt in Hamburger Mietwohnungsangeboten. Per Mausklick versteckte Dnob in Wolewskis PC das VSP, das Verfassungsschutzprogramm für diskrete online Inspektionen. Das würde ihm in Zukunft den Kneipenbesuch ersparen. Rasch durchforstete Dnob die Festplatte nach aktuellen Dateien. Dabei stieß er auf die E-Mails von Fritz Bruch und das Schreiben an Rechtsanwalt Lambrecht. Beide lud er sich sofort herunter.

Zu Hause las Dnob den Text noch mal ganz genau durch:

,Lieber Herr Lambrecht,
wie telefonisch besprochen, hat mein Vater zum
1. Oktober 2008 die Sano-Apotheke an Herrn
Teschke verkauft.
Mit freundlichen Grüßen
Jan Wolewski`

Dnob spürte sofort das untrügerische Kribbeln im Magen, dass er auf eine verschlüsselte Geheimbotschaft gestoßen war. Er schickte sie deshalb gleich weiter an die Dechiffrierkollegen. Deren Computer würden gewiss und geschwind herausbekommen, wer mit Vater und Herrn Teschke gemeint waren und was 1. Oktober 2008 und Sano-Apotheke wirklich bedeuteten.

Am Mittwochmittag mailte ihm sein Einsatzleiter:

‚Der Fall Wolewski wird vom Berliner AD weiter-
verfolgt. In Hamburg zunächst nichts weiter
unternehmen.'

Dnob freute sich, dass er mal wieder den richtigen Riecher gehabt
hatte.

17.

Jan hatte seit Tinas Anruf am Sonntagabend in jeder freien Minute
das Internet nach Wohnungen durchsucht. Er hatte sogar bereits
drei Besichtigungstermine vereinbart und Tina gemeldet. Sie
bedankte sich und beklagte, dass ihr Anstellungsvertrag noch nicht
eingetroffen sei. Jan vertröstete sie: »Der ist doch nur für die Ablage. Das hat Zeit.«

Am späten Mittwochabend kam Jan endlich wieder dazu, in Vaters
Beichte weiter zu lesen:

‚Bei Versuch-Nr. 1985/0026 wiederholte ich exakt
die Versuchsbedingungen des vorherigen Versuchs.
Den ersten Tag hatten wieder zwei Ratten (Kanal
1 und 2) nicht überlebt. Gespannt wartete ich
den zweiten Tag ab. Morgens lagen in den Kanälen
drei und vier die Labortiere mit starren Glied-
maßen. Die Ratte im dritten Kanal war tatsächlich gestorben. Bevor ich die Entnahmeklappe des
vierten Kanals öffnete, beobachtete ich den leb-
losen Rumpf. Ich hoffte, Atembewegungen zu

49

erkennen. Wirklich sicher war ich mir nicht. Ich ließ den Körper deshalb einfach liegen und füllte Futter und Wasser nach. Beim vierten Kanal markierte ich mit einem Filzstift die Füllhöhen, um gegebenenfalls unbeobachtete Entnahmen feststellen zu können.

Das erwies sich eine Stunde später als unnötig. Die Simulantin fraß und soff wie die anderen. Damit war für mich bewiesen, dass das Präparat der Versuch-Nr. 1985/0025 und 0026 in der Dosierung des vierten Kanals zu einer Verhaltensänderung bei Ratten führt. Oder salopp formuliert, diese Ratten entwickelten eine raffinierte Fluchtstrategie. Die anderen sechs Versuchstiere zeigten wie beim ersten Versuch auch am nächsten Tag keine auffälligen Veränderungen. Wieder gab ich gefälschte Versuchsergebnisse in den PC ein. Dabei spürte ich nicht nur ein psychisches Unbehagen, sondern physische Schmerzen im Nacken, die zu den Schultern ausstrahlten. Erst als ich zu Hause die tatsächlichen Daten auf dem privaten PC erfasste, trat wenigstens körperlich eine Linderung ein. So kann das nicht weitergehen. Am meisten belastet mich das Speichern falscher Versuchsergebnisse. Das zerstört meine Ehre als Naturwissenschaftler.

Was soll ich machen? Ich sehe drei Möglichkeiten:
1. Den Fall ignorieren.
2. Offiziell ein neues Projekt beantragen.
3. Heimlich weitere Versuche durchführen.

Den Vorfall einfach zu verdrängen, werde ich nicht schaffen. Dafür ist meine Erkenntnisgier zu groß.

Bei einem offiziellen neuen Projekt wäre es durchaus möglich, dass es einem Kollegen übertragen wird, da einige deutlich weniger Projekte leiten als ich. Das wäre für mich aber nicht akzeptabel, zumal ich auf diese Veränderung gestoßen bin.

Bliebe nur, heimlich weiter forschen. Doch wie ließe sich das mit meiner Forscherehre vereinbaren?'

Schweren Herzens brach Jan die Lektüre ab. Nur wenn er jetzt schleunigst die Augen schloss, würde er sie morgen früh am Donnerstag bei Zeiten wieder aufbekommen. Selbst seinem schrillen Wecker waren da Grenzen gesetzt.

18.

Zwei Tage später, am Samstag, reiste Tina zum dritten Mal mit dem ICE nach Hamburg. Diesmal verdrängte Routine den Kitzel des Neuen. Sie schaute kaum noch aus dem Fenster auf die vorbeihuschenden Felder und Wiesen. Sie las in einem Städteführer über Hamburg. Heute hatte sie sich nicht ihr dunkelblaues Vorstellungskostüm angezogen, sondern einen rosa Ringelpulli mit einer sandfarbenen Jacke und einer langen Hose. Jans Blick bei der Begrüßung auf dem Bahnsteig verriet ihr, dass ihm ihr Outfit gefiel. Jan trug wieder wie beim ersten Treffen in Berlin die legere, hellbraune Wildlederjacke, ein hellblaues Oberhemd mit offenem Kragen und eine schwarze Jeans. Da alles fast neu aussah, vermutete Tina, dass er sich für sie fein gemacht hatte.

Wenn sich Jan nicht angeboten hätte, sie zu kutschieren, wäre sie wahrscheinlich mit Papas Wagen gefahren. Aber mit einem Eingeborenen war das nicht nur bequemer, sondern auch viel effizienter. Zeitraubendes Suchen und Verfahren gab es mit Jan ebenso wenig, wie aussichtsloses Parkplatzsuchen. Dadurch gewannen sie viel Zeit, um auch die schönen Seiten der Stadt zu sehen.

Die besichtigten Wohnungen hatten ihre Vor- und Nachteile. Die fußläufig zum Krankenhaus gelegene hatte einen Pkw-Stellplatz, den Tina dort eigentlich nicht bräuchte, dafür aber keinen Balkon. Bei der am weitesten entfernten, bei der Tina unbedingt mit dem Wagen fahren müsste, war es umgekehrt, Balkon aber kein Parkplatz. Die Dritte, mit Balkon und Tiefgarage, war zwar entfernungsmäßig akzeptabel, allerdings kreischte die U-Bahn, in diesem Fall Hochbahn genannt, wenige Meter vor den Fenstern vorbei. Zwischen den Zügen lärmte die lauteste Kreuzung der Stadt von früh bis spät. »Die ideale Wohnung für Taube und Blinde«, lästerte Jan nach der Besichtigung.

Mittags lud er sie in Hamburg-Eppendorf bei einem ‚kleinen Italiener‘ zum Essen ein. Am Nachmittag spazierten sie an der Außenalster entlang. An einem Bootsanleger revanchierte sich Tina mit Eisessen im Uferlokal. Sie konnten sogar im Freien sitzen. Der kräftige Wind hatte die Nieselwolkenschicht weggeblasen.

Zurück in Jans Wagen erinnerte sich Tina an die Briefe, die sie für ihn mitgebracht hatte. Sie zog sie aus der Reisetasche und reichte sie ihm. Jan nahm den obersten Brief, las den Adressaten, drehte ihn um und stutzte: »Was will denn die Ostfriesen Polizei von meinem Vater?«
Überrascht prüfte Tina im Seitenfach ihrer Tasche, wo sie die Briefe entnommen hatte, ob sie versehentlich einige Umschläge stecken gelassen hatte. Das Fach war leer. Warum lag der Bullenbrief zu oberst? Sie erinnerte sich genau, ihn chronologisch einsortiert zu haben. Hatten ihre Eltern sie noch mal durchgemischt? Tina nahm sich vor, sie zu fragen.

Auf dem Bahnsteig versprachen sie sich, in Kontakt zu bleiben, und verabschiedeten sich mit Wangenküsschen. Dabei flüsterte Jan: »Gute Reise und komm‘ bald wieder.« Das Winken mit verheultem Taschentuch bei der Abfahrt des Zuges verkniff er sich. Es machte keinen Sinn mehr, da die Bahningenieure das Öffnen der Zugfenster wegkonstruiert hatten. Das schonte die Klimaanlage, verkürzte jedoch sentimentale Abschiedsromantik.

Am Sonntag beim gemeinsamen Frühstück bestritten Tinas Eltern, die Briefe umsortiert zu haben. Tina glaubte ihnen. Das hätte auch so gar nicht zu ihnen gepasst. »Aber wieso lag der Brief aus Leer nicht wie vorher im oberen Drittel?«

Sie zuckten synchron die Schultern.

»Das erinnert mich an meinen Nähkasten. Hat einer von euch in den letzten Tagen den Schlüssel umgedreht und den Kasten abgeschlossen?« Die Mutter beobachtete gespannt die Gesichter von Mann und Tochter.

Tina gluckste: »Das hast du mir vor über zwanzig Jahren eingebläut, das nie zu versuchen, weil das Schloss klemme und du befürchtest, es nicht wieder öffnen zu können.«

»Genau das ist nämlich jetzt passiert. Ich habe zehn Minuten gebraucht, den Deckel aufzubekommen.« Dabei schaute sie ihren Mann kritisch an.

»Was guckst du mich so an? Ich habe noch nie in meinem Leben einen Nähkasten berührt und deinen auch ganz gewiss nicht abgeschlossen.«

Wieder zuckten sie zugleich die Schultern.

Indes interessierte sich Mutter mehr für Jan: »Hat er dich zum Essen eingeladen?«

Bevor Tina Einzelheiten schildern konnte, giftete Vater: »Kann er richtig mit Messer und Gabel essen?«

Mutter und Tochter verdrehten die Augen.

Tina beruhigte ihn: »Ich hatte vorsichtshalber meinen Erste-Hilfe-Koffer dabei. Er hatte sich aber zum Glück nicht verletzt.«

19.

Der Unverletzte frühstückte zur gleichen Zeit alleine in der Küche seiner Wohnung in Hamburg-Altona. Auf dem schmalen Esstisch lagen neben der Kaffeetasse die Briefe, die Tina ihm am Samstag mitgebracht hatte. Die Schreiben bestätigten Vertragskündigungen, avisierten Gutschriften für zu hoch pauschalierte Betriebskostenvorauszahlungen und warben für Kreditkarten. Nur die Mitteilung aus Leer interessierte Jan. Die Ostfriesen-Polizei forderte seinen Vater auf, 93,50 Euro auf das Gemeindekonto zu überweisen, weil er am 16. März 2009 auf der A7 kurz vor der Ausfahrt Bunde in Richtung Westen 121 km/h statt der zulässigen Höchstgeschwindigkeit von 100 km/h gefahren war. Als Beweis war das Foto der Radarfalle beigefügt. Jan war überrascht, wie deutlich auf dem körnigen Schwarz-Weiß-Foto die Gesichtszüge des Fahrers erkennbar waren. Sah so sein Vater jetzt mit vierundfünfzig aus? Jan erinnerte sich nur verschwommen an das Gesicht des damals Fünfunddreißigjährigen. Vor neunzehn Jahren hatte er es als sechsjähriger zuletzt gesehen. Er meinte, gewisse Ähnlichkeit mit Opas Antlitz zu erkennen. ‚Oder bilde ich mir das nur ein?‘ Jan schob seine Zweifel beiseite: ‚Dieser Mann muss Michael sein.‘ So musste er seinen Vater nennen. Er saß alleine in einem 3er-BMW mit dem Berliner Kennzeichen B-MW 2837. Die Farbe des nicht mehr ganz neuen Modells war dunkel. Das Foto verlieh ihm erstmalig etwas Leibhaftiges. Der Geschichte seines Verschwindens haftete für Jan immer etwas Unwirkliches an. Das änderte sich auch kaum durch die Überweisungen und den Verkauf der Sano-Apotheke. Aber das Polizeifoto zog ihn aus dem Virtuellen hinab in Jans reales Leben. Er fragte sich, ob Michael überhaupt etwas von dieser Strafe wusste? ‚Landet man, wenn man nicht zahlt, in einer Verbrecherdatei oder gar auf einer Fahndungsliste?‘

‚Wohin düste Michael bei Bunde?‘ Im Internet zoomte sich Jan den Kartenausschnitt näher. Das Dorf lag an der A7. Bis zur holländischen Grenze kam gar nichts mehr, danach auch lange nichts. Jan verfolgte die Autobahn nach Westen und stieß auf Groningen. Die Kleinstadt konnte er sich allerdings nicht als Ziel für einen Hamburger vorstellen, der zuletzt achtzehn Jahre in Berlin gelebt hatte. Dann entdeckte er weiter links unten Amsterdam. ‚Hat sich mein Rabenvater etwa in einem der schmalen Grachtenhäuser eingenistet?' Das hielt Jan durchaus für denkbar, wenn auch sehr vage. Wirklich konkret wusste er nur, dass Michael vor fünfeinhalb Monaten Richtung Holland unterwegs war. Falls er sich tatsächlich im Amsterdamer Grachtenviertel verkrochen hatte, bräuchte er dort eigentlich kein Auto mehr, schon gar nicht eines mit deutschem Kennzeichen. ‚Er wird den BMW wahrscheinlich längst verkauft haben. Fragte sich nur, ob er ihn in diesen Krisenzeiten losgeworden ist.'

Fast automatisch rief Jan im Internet die Gebrauchtwagendatenbank autoscout24 auf. Dabei versuchte er es mit nl als Endung. Die Seite gab es tatsächlich. Erfreut tippte er die Suche für einen 3er-BMW ein. Sekunden später blätterte er durch ein üppiges aber noch überschaubares Angebot. Jan interessierte sich nur für die Offerten mit Fotos, auf denen das Nummernschild lesbar war. Bald füllte ein anthrazitfarbener BMW mit amtlichem Kennzeichen B-MW 2837 den Bildschirm. Die Anzahl der Fahrzeuge, die Auto de Jong sonst noch anbot, ließ Jan vermuten, dass es ein großer Händler sein musste. Mit wenigen Mausklicken fand Jan ihn am Stadtrand von Amsterdam. Jan schnippte mit den Fingern der rechten Hand und jubelte: »Bingo!« Jetzt stand für ihn fest, dass Michael in einer Gracht in Amsterdam untergetaucht war. Dort hielt er sich wahrscheinlich für unauffindbar.
Jan griente: ‚Dann hätte der scheue Bock man bei Bunde nicht schneller als 100 km/h rasen sollen.'

Das Polizeifoto war zwar fünfeinhalb Monate alt, aber die Internetanzeige für den BMW war noch aktuell. Der Amsterdamer Gebrauchtwagenhändler vergaß gewiss nicht, die kostenpflichtige Seite zu löschen, wenn der Wagen verkauft war. So dicht war Jan seinem Vater noch nie auf den Fersen. Er beschloss deshalb, am Montag für den Rest der Woche um Urlaub zu bitten. Neulich hatte er den Freitag für Berlin auch bürokratisch aber schnell freibekommen. Dann könnte er am Dienstag nach Amsterdam reisen und seinen Vater suchen.

Mittags erzählte Jan seinem Opa beim ‚Chinamann' von den neuesten Erkenntnissen und Plänen. Horst empfahl, dass sich der Berliner Rechtsanwalt um den Bußgeldbescheid kümmern sollte. Es beschämte Jan, dass ihn erst sein tüteliger Opa darauf bringen musste.

Später bei Horst in der betreuten Wohnung lud er Jan ein: »Nächsten Sonntag feiern Ingrid und ich unseren fünfundfünfzigsten Hochzeitstag. Da kommst du doch auch mit deiner Verlobten.«
Jan stammelte geschockt: »Oma ist leider vor fast zwei Jahren gestorben. Wenn du willst, können wir zum Friedhof fahren. Verlobt bin ich übrigens auch nicht.«
»Ach schade, ich dachte, wir tafeln wieder im Jacob.«
Jan war sich nicht sicher, ob Horst ihn verstanden hatte. Wollte es aber auch lieber nicht so genau wissen.

Ihn stach die Erinnerung an Erika, seine einzige langjährige Freundin. Ihre Liebe hatte allerdings sein Jahr in den USA nicht überstanden. Eine vergleichbare Beziehung hatte sich bislang nicht wieder ergeben. Er tauschte zwar bedeutungsvolle Blicke mit einer Schönheit aus der Personalabteilung aus. Aber Jan schien, dass sie wie er

Probleme in der Firma befürchtete und es deshalb lieber nur beim Schmachten ließ.

Abends vertiefte sich Jan wieder in die Aufzeichnungen seines Vaters:

‚August 1985.
Das Speichern falscher Versuchsdaten, seien es die Versuchsbedingungen oder die Versuchsergebnisse, quält mich am meisten. Die korrekten Daten zu Hause zu erfassen, lindert nur wenig.

Die offiziellen Aufzeichnungen begründen keine weiteren Versuche mit dem Präparat der Versuche Nr. 0025 und 0026. Ich taufte den entscheidenden Wirkstoff dieses Präparats auf den Namen ‚Alles klar Wirkstoff‘. Zur Tarnung verwende ich die Abkürzung AKW, witzigerweise genauso, wie die atomaren Angsthasen Atomkraftwerke abkürzen. Für weitere Versuche im Rahmen des Forschungsprojekts stehen noch sechzehn Präparate auf der Liste. Mich interessiert aber der AKW viel mehr. Ich versteckte den Rest des AKWs im Labor und deklarierte ihn als entsorgt. Außerdem will ich unbedingt mit der listigen Ratte weiterarbeiten. Derartige Versuche passen allerdings überhaupt nicht zum laufenden Projekt. Ich entschied mich deshalb, das Tier heimlich mit nach Hause zu nehmen. Offiziell ist es ja tot. Eine Kadaverbestandskontrolle findet nicht statt. Keiner wird das merken. Ich richte deshalb in unserer Wohnung in Hamburg-Bahrenfeld Versuchskäfige ein.

September 1985.
Um meine unehrenhaften Datenfälschungen auf ein fast akzeptables Minimum zu reduzieren, will ich wie folgt vorgehen:
Bei den Versuchen Nr. 0027 bis 0034 des Forschungsprojekts verabreiche ich den Versuchstieren für den vierten Kanal den AKW statt des jeweils zu testenden Präparats, stets in fein abgestuften Dosierungen. Diese acht Tiere bringe ich in die privaten Versuchskäfige. Die vermeintlichen Obduktionsergebnisse entsprechen in etwa denen der anderen Versuchsteilnehmer. So wird sich mein Bestand im Heimlabor auf neun AKW-behandelte und eine Unbehandelte für Kontrollzwecke erhöhen. Den verbliebenen Rest des AKWs werde ich zu Hause lagern. So kann ich in der Firma endlich die schändliche Fälscherei beenden.

November 1985.
Daheim begann indes der Konflikt mit Petra, meiner lieben und sonst so verständnisvollen Frau. Sie gewöhnt sich leider nicht an die zehn Ratten im Arbeitszimmer. Anfangs hatte ich gehofft, sie würde sie im Laufe der Zeit akzeptieren, besonders auch, weil nichts passierte. Doch ihre Aversion wächst. Zu diesem emotionalen Problem wächst auch noch ein objektives heran. Jan krab-

belt zwar noch auf allen vieren, es ist aber leicht absehbar, dass er bald als kleiner Zweibeiner die Wohnung neugierig durchstreifen wird. Spätestens in einem Jahr wird keine Tür mehr vor ihm sicher sein.'

Jan lehnte sich zurück und schloss die Augen. Zum ersten Mal hatte ihn sein Vater in den Aufzeichnungen erwähnt. Es bedrückte ihn, dass er sein Heranwachsen als objektives Problem einstufte. Bislang hatte Jan immer mitbekommen, dass sich Eltern freuen und sogar stolz sind, wenn ihr Kind laufen lernt. Aber sein Rabenvater sorgte sich mehr, dass seine Brut die Tür zu seinem Heimlabor und eventuell sogar die Käfigtürchen öffnen könnte. Jan beugte sich vor, um den Text weiter zu lesen. Doch die Buchstaben auf dem Bildschirm blieben unscharf. Verbittert brach er die Lektüre ab.

20.

Am gleichen Sonntagabend drückte der unauffällige ADer Kurt Klempke den linken Klingelknopf der oberen Reihe beim Hauseingang in der Prenzlauer Allee 180 in Berlin. Rechts neben der Tür wurden im Schaufenster lebenserhaltende Medikamente für die Sommerferien angepriesen. Da das Öffnungsrelais nicht schnarrte, versuchte es Kurt mit der mittleren Taste. Wieder zählte er bis zehn. Dann probierte er den nächsten Knopf. Der Lautsprecher krächzte: »Wer ist da?«
Kurt schwieg. Irgendein Vertrauensseliger würde ihn ohne Gequatsche reinlassen. Hoffentlich bald! Diese Sonntagabendeinsätze hasste er besonders.

Endlich klackte der Elektromagnet. Kurt drückte die Tür auf und huschte in den Flur. Dabei zückte er den Patentschlüssel aus der Hosentasche. Er hatte am Freitag bei der ersten Inspektion aus drei Meter Entfernung gesehen, dass die Seitentür der Apotheke zum Treppenhaus noch mit dem 3S, dem Standard-Sicherheits-Schloss der DDR, ausgerüstet war. Sein Patentschlüssel aus dem ehemals volkseigenen Arsenal des Staatssicherheitsapparats passte für sämtliche 3S-Varianten. In der Außentür des Apothekeneingangs steckte zwar auch ein 3S-Zylinder. Das Portal war allerdings zusätzlich von innen mit einem massiven Riegel gesichert. Außerdem gab es beim Zugang durch das Treppenhaus keine Zuschauer. Dafür roch es hier nach gekochtem Kohl. Die Seitentür knarrte beim Öffnen und Schließen. Den Geruch in der Apotheke konnte Kurt nicht so eindeutig zuordnen, ein Gemisch aus Alkohol und Aspirin. Draußen war es um 20:30 Uhr noch einigermaßen hell. Kurt war überrascht, wie dunkel es dagegen jetzt in der Apotheke war. Er schaltete deshalb die Schreibtischlampe im Hinterzimmer ein. Das reichte für seine Durchsuchung und würde hoffentlich nicht bemerkt werden. Das Zweite war heutzutage das Wichtigste, schnaubte Kurt verächtlich. Früher kam es darauf an, etwas Belastendes oder wenigstens Verdächtiges zu finden. Ob andere oder gar die Betroffenen das merkten, war egal. Bei wem hätten sie sich beschweren sollen. Heute gierten diverse Stellen darauf, seine Arbeit anzuprangern. Am schlimmsten stänkerten die Journalisten, das zersetzende Pack. Wonach er suchen sollte, konnte ihm sein Chef nicht sagen. Dafür war der feine Wessi-Pinkel viel zu sehr mit seiner persönlichen Arschabsicherung beschäftigt. Vor der Wende hätte sich die Frage wonach gar nicht gestellt. Im Grunde war Kurt jedoch heilfroh, als ehemaliger Stasi-Mitarbeiter beim Verfassungsschutz angestellt zu sein. Was hätte er sonst auch werden sollen? Er hatte nie etwas Anderes gelernt.

Kurt durchstöberte ratlos das Apothekenhinterzimmer. Zum Glück war alles sehr ordentlich sortiert, gestapelt oder abgelegt. Bei Unordentlichen fiel es ihm immer viel schwerer, alles wieder wie vorher zu platzieren. Kurt ging im Geiste durch, womit er bei den Chefs Punkte sammeln könnte. Für Bomben, Waffen, Munition oder Attentatspläne gäbe es die Bestnote. Beweise für Verbindungen zur islamistischen Terroristenszene würden auch noch gut bewertet. Für Hakenkreuzmaterial oder Kinderpornos käme es auf die individuelle Einstellung der Juroren an.

Nach zwanzig Minuten gab Kurt auf. Hier gab es im Augenblick nichts zu punkten. Zum Schluss installierte er noch das VSP, das Verfassungsschutzprogramm für diskrete online Inspektionen, auf dem PC. Dafür hatte er zwar keinen Auftrag, aber da er nun hier war, erledigte er das gleich mit. Sein Chef durfte das natürlich nicht wissen. Wenn der ihm demnächst die Anweisung dazu erteilen sollte, könnte er einen Abend blaumachen. So hatte Kurt sich einige Arbeitseinsätze erspart. Dann perlte das Bier besonders süffig und die Verfassung war trotzdem geschützt.

21.

Am nächsten Morgen erledigte Jan in der Firma alles, was für brandeilig gehalten wurde. Seinen überraschenden Urlaubsantrag für den Rest der Woche begründete er mit dringenden Familienangelegenheiten. Am Dienstag raste er mit dem Toyota nach Amsterdam. Das Internet hatte ihm verraten, dass Bahn oder Flug deutlich teurer wären. Der einzige Luxus, den er sich gönnte, war die Route. Jan wählte die Strecke, die sein Vater gefahren war. Das online Routenplanungssystem empfahl aus wirtschaftlichen Gründen einen südlicheren Verlauf. Bei der Ausfahrt Bunde schlich Jan vorschriftsmäßig nur mit 100 km/h. Eine Radarfalle entdeckte er ebenso wenig wie einen verkehrstechnischen Grund für die Geschwindigkeitsbeschränkung. Es handelte sich damals also nur um eine der Wegezollfallen, die sich die Gemeinden zur Sanierung der Kassen tageweise mieteten.

Der Himmel war grau verhangen. Der Wind schüttelte die wenigen Bäume am Straßenrand. Es sah nach Regen aus. Es fiel aber kein Tropfen. In Amsterdam folgte Jan den Schildern ‚Zentrum‘ bis in die Tiefgarage vor dem Hauptbahnhof. Andere zentral gelegene Parkplätze hatte er nicht entdeckt. Als er wieder an das Tageslicht kam, schien es heller geworden zu sein. Vielleicht bildete er sich das nach dem dunklen Kellergewölbe auch nur ein. Trotzdem begann es zu nieseln. Jan schützte sich mit einer Baseballkappe. Gegen die angriffslustigen Radler gab es keinen Schutz. Auf dem Bahnhofsvorplatz wimmelte es von Fahrradkriegern. Nach drei Metern war Jan bereits viermal fast angefahren worden. Die Radler reagierten stets so vorwurfsvoll, dass Jan sich schuldig fühlte. Er schaute deshalb in alle Richtungen, bevor er es wagte, einen Schritt vorwärtszugehen. Dabei musste er sich beeilen, weil auch nur das geringste Zögern von den Zweiradrasern missverstanden wurde. Jan wünschte sich Augenpaare für jede Himmelsrichtung. Endlich erreichte er die Menschentraube an der Fußgängerampel. Umringt von Leidensgenossen fühlte er sich etwas sicherer. Interessiert beobachtete Jan den Straßenkampf. Die Fahrradfahrer verfolgten alle die gleiche Strategie. Rase nur schnell genug auf ein Hindernis zu, dann wird es zur

Seite springen. Die allgemeinen Verkehrsregeln, wie rechts vor links, rote Ampeln, Fußgängerwege etc., galten für die Radler nicht. Dafür bestraften sie erbarmungslos das Betreten eines Fahrradweges. Im Hamburg hatte Jan auch einzelne aggressive Fahrradfahrer erlebt. Doch hier wütete die Mehrheit. Weder bei den Angreifern noch bei den Opfern spielte Geschlecht, Alter, Klasse oder Rasse eine Rolle. Insofern erforderte das Zufußgehen höchste Aufmerksamkeit.

Das wegen Lage und Preis favorisierte Hotel ‚Slaaphuis' fand Jan sofort. Das handtuchbreite Haus lag in einer Quergasse zur Singel Gracht, nicht weit vom Hauptbahnhof. Die Treppe zu den oberen Stockwerken war so steil und schmal, dass Jan sich zu seiner schlanken Reisetasche beglückwünschte. Gäste, die unbedingt Koffer mit aufs Zimmer nehmen wollten, müssten wahrscheinlich ihr Gepäck außen am Haus mit einem Seil hochziehen. Dafür ragte extra am Giebel ein Balken mit einer Seilrolle heraus.

Den Rest des Nachmittags durchstreifte Jan die Gassen der Altstadt. Stunden später fiel er fußlahm auf sein Bett. Das Gewirr von Kanälen und Gassen schien ihm jetzt klar strukturiert. Es gab reine Einkaufsgassen mit einem Geschäft neben dem anderen, Essgassen mit unzähligen aneinandergepressten Lokalen aus allen Teilen der Welt und Vergnügungsgassen mit Musikkneipen und Discos. Jan war überrascht, wie groß China Town war. Viele vorwiegend ausländisch aussehende Frauen saßen in reizender Unterwäsche in rot beleuchteten Schaufenstern. An einigen Grachten residierten Botschaften in noblen Stadtpalästen.

An all diese spezialisierten Viertel schlossen sich direkt reine Wohngassen an. Überall dazwischen verstreut entdeckte Jan Kifferstübchen, die sich Coffeeshops nannten. Die zahlreichen fremdländischen Gesichter und Sprachen bewiesen die magnetische Anziehungskraft, die Amsterdam auf die ganze Welt ausstrahlte. Auch Jan spürte eine unerwartete Faszination. Er konnte sogar ein bisschen verstehen, warum sich sein abtrünniger Rabenvater hier verkroch.

Trotz des Überangebots an Restaurants aus aller Welt suchte Jan abends lange, bis er ein Lokal fand, wo er holländische Pfannkuchen essen konnte. Danach kehrte er in seine Kammer zurück, setzte sich aufs Bett und las in Vaters Aufzeichnungen weiter:

,Januar 1986.
Petras Rattenaversion steigert sich zur Hysterie. Zusätzlich zu dem häuslichen Widerstand gegen die Rattenexperimente belastet mich zunehmend, dass mein Interesse an der Forschung in der Firma erlahmt. Die schlauen Ratten fressen nicht nur meinen Forschungseifer, sondern auch die Freizeit und Schlafzeit. Für die Familie bleibt kaum noch Zeit. Nur aus Vernunftgründen zwinge ich mich, von Montag bis Freitag bei Pharmelli die vorgeschriebenen Sollstunden zu arbeiten. Meine Gedanken kreisen aber nur noch um meine AKW-Experimente zu Hause.
Ich sehe drei Möglichkeiten:
1. Weitermachen wie bisher.
2. Private AKW-Forschung abbrechen und auf Forschung in der Firma konzentrieren.
3. Bei Pharmelli kündigen und mit privater AKW-Forschung fortfahren.

Wenn ich so weitermache wie bisher, befürchte ich, nicht nur den Job, sondern auch Petra und Jan zu verlieren.

Die AKW-Forschung aufzugeben, käme einem Denkverbot gleich. Ob mir das überhaupt gelänge, bezweifle ich. Bliebe also nur der Ausstieg bei Pharmelli. Der Einstieg in eine andere Firma würde keine Änderung bewirken. Um genügend Geld für die Familie zu verdienen, müsste ich mich selbstständig machen. Allerdings dürfte diese neue Tätigkeit nur wenig Zeit beanspruchen, damit meine AKW-Forschung vorwiegend in der normalen Arbeitszeit möglich ist.

Februar 1986.
Drei Wochen lang habe ich mit Petra Erfolg versprechende Alternativen durchdacht und kalkuliert. Die optimale Lösung, meine privaten Forschungen ganztags weiterzuverfolgen und gleichzeitig Geld zu verdienen, sehen wir darin, mich mit einem eigenen Labor selbstständig zu machen. Als sicheres Brot- und Buttergeschäft soll das Labor die üblichen Analysen für Krankenhäuser und Ärzte erledigen. Dafür bräuchte ich nur ein paar Apparate kaufen und einige günstige Laborarbeiterinnen einstellen. Diese Lösung gefällt mir so gut, dass ich Petra gegenüber bei den Risiken untertrieben und bei den Chancen übertrieben habe. Petra unterstützt das Projekt. Sie hofft, dadurch die Ratten aus der Wohnung zu

verdammen, mehr meiner Zeit für sich zu gewinnen und finanziell keine gravierenden Einbußen zu erleiden.

März 1986.
Ich missbrauchte den Jahresurlaub für die Kundenakquisition. Nach sechs Wochen hatte ich so viele Zusagen, dass ich zuversichtlich bin, regelmäßig genügend Aufträge zu bekommen. Ich habe Petra indes nicht offenbart, dass Zusagen für ein noch nicht existierendes Labor unverbindlich sind. Aber immerhin stieß ich auf reges Interesse und wenig Ablehnung.

Mai 1986.
Ich habe passende Räumlichkeiten gemietet. Es sind keine aufwendigen Umbauten nötig. In einen Raum, vermutlich das ehemalige Chefzimmer, gelangt man nur durch ein Vorzimmer, im dem wahrscheinlich die Sekretärin saß. Diese Schreibstube wird mein Büro. Das geheime Forschungslabor richte ich dahinter ein. Die Tür verberge ich mit einem Regal, das sich zur Seite schieben lässt. Wenn man die Räumlichkeiten nicht mit dem Zollstock nachmisst, ist das nicht zu entdecken. Die notwendigen Investitionen kann ich mit vorhandenen Mitteln wenigstens anzahlen. Die Gerätehersteller gewähren großzügige Abstotterungsraten, die ich hoffentlich mit laufenden Einnahmen begleichen werde.

Petra will sich um Finanzen und Verwaltung kümmern. Um hinter die Geheimnisse der doppelten
Buchführung zu kommen, besucht sie zweimal
wöchentlich bis Ende August eine Abendschule.
Das hätte sie sich als diplomierte Biologin auch
nicht träumen lassen. Ihre Assistentenstelle an
der Uni hatte sie vor circa einem Jahr gleich
nach Jans Geburt aufgegeben.

Juli 1986.
Ich habe meinen Anstellungsvertrag gekündigt.
Die Firma stellte mich sofort frei. Das Forschungslabor darf ich aus Geheimhaltungsgründen
nicht wieder betreten. Es überrascht mich, wie
misstrauisch mich Kollegen und Vorgesetzte
plötzlich behandeln. Es fand sogar ein Gespräch
mit dem für die Forschung zuständigen Vorstands-
mitglied statt. Dabei waren auch die Leiter der
Personalabteilung und der Rechtsabteilung anwe-
send. Sie belehrten mich über meine Verschwie-
genheitspflichten und warnten mich vor Schadens-
ersatzansprüchen. Jegliche wirtschaftliche Nut-
zung von Forschungsergebnissen wurde mir für
alle Zeiten verboten. Schließlich musste ich
noch das Protokoll dieser Zurechtweisungen
unterschreiben. Als ich in ihren Augen den ver-
bissenen Ernst vor meiner Unterschrift und die
entspannte Befriedigung danach sah, kam mir der
Verdacht, dass ich dem feuchten Traum von Büro-
kraten beigewohnt habe. Sie machten mir den
Abschied leicht.

August 1986.

Das Labor hat mit einer erfahrenen Angestellten (zwölf Jahre Berufspraxis) den Betrieb aufgenommen. Die ersten Aufträge trudeln ein. Zwischen meinen zahllosen Akquisitionstelefonaten erhielt ich einen merkwürdigen Anruf von einem Unbekannten. Er bot mir finanzielle Unterstützung für Forschungsprojekte an. Ich erklärte, dass das Labor keine Forschung betreibt. Dennoch drängte er mir für den Fall, dass ich es mir anders überlegen sollte, seine Handynummer auf.
Zitat: »Sie haben das Wissen, wir das Geld.«
Ob mich die Pharmelli überprüft? Petra habe ich davon nichts erzählt.

September 1986.

Das Auftragsvolumen ist gestiegen. Ich musste eine zweite Laborantin einstellen. Sie hat drei Jahre Berufserfahrung und ist günstiger als die erste Kraft. Durch zeitversetzte Arbeitszeiten ist das Labor jetzt von 8 Uhr morgens bis 8 Uhr abends einsatzbereit, was von einigen Kunden sehr begrüßt wird.

Seit Tagen sehe ich immer wieder einen Pkw. Der Wagen ist so unauffällig, dass ich anfangs weder die Farbe noch das Model mit Sicherheit hätte nennen können. Nur weil ich ihn mehrmals sowohl in der Nähe unserer Wohnung als auch beim Labor bemerkt habe, achte ich zum ersten Mal in meinem

Leben auf Verfolger. Falls es sich nicht um eine schier unglaubliche Vielzahl von Zufällen handeln sollte, verfolgt mich dieser Kleinwagen. Wie soll ich mich verhalten?

Es gibt drei Möglichkeiten:
1. Stillschweigend kontrollieren.
2. Beschatter zur Rede stellen.
3. Ignorieren.

Für die heimliche Überprüfung müsste ich zum Beispiel zwei Mal um einen Wohnblock fahren. Wenn der Fremde das mitmacht, ist er gewiss ein Beschatter. Andererseits wüsste er dann auch, dass ich ihn bemerkt habe. Dann würde eventuell, wie beim zur Redestellen, nur das Fahrzeug und die Person ausgetauscht werden. Wenn ich jedoch so tue, als ob ich es nicht bemerkt habe oder es mir egal ist, wird die Aktion wahrscheinlich abgebrochen werden, wenn ich mich unverdächtig verhalte. Ob Pharmelli dahinter steckt? Petra habe ich davon vorerst nichts erzählt.

Oktober 1986.
Die Kunden loben, wie schnell sie die Laborergebnisse übermittelt bekommen. Dabei erfuhr ich, dass dafür oft ein höherer Preis zu realisieren ist, ohne dass das Volumen sinkt.
Die Auftragslage erfordert zusätzliches Personal. Ich stellte zwei weitere Laborantinnen ein, eine mit zwei Jahren Berufserfahrung und eine

junge Berufsanfängerin. Die Nachwuchskraft ist vergleichsweise sehr günstig und macht einen erstaunlich aufgeweckten Eindruck. Jetzt bieten wir den Laborservice von 7 Uhr bis 22 Uhr an.

Der mysteriöse Anrufer hat sich wieder gemeldet. Er will den Namen seiner Firma nur nennen, wenn ich auf die finanzielle Unterstützung für die Forschung eingehe. Ich habe ihm wieder erklärt, dass in dem Labor nicht geforscht wird. Ob der Anrufer auch der Beschatter ist? Der hat jedenfalls, wie mir scheint, aufgegeben oder wurde durch einen unauffälligeren ersetzt. Ob meine alte Firma dahinter steckt? Ein Glück, dass ich Petra nichts erzählt hatte. Sie hätte sich nur unnötig aufgeregt.

November 1986.
Die aufgeweckte Laborarbeiterin habe ich in meinem kleinen Büro erwischt. Sie behauptet, dass die Tür angelehnt gewesen sei, und sie mir eine Tasse Kaffee hingestellt habe. Ich bezweifle, dass die Tür nicht wie immer geschlossen war, und hoffe, dass sie die Geheimtür zum Labor nicht entdeckt hat. Beide Türen schließen sich selbstständig und schnappen so ein, dass sie sich nur mit einem Sicherheitsschlüssel öffnen lassen. Mein Misstrauen ihr gegenüber ist so groß, dass ich sie am nächsten Tag entlassen habe. Sie durfte sofort gehen, weil es leider doch nicht genug Arbeit für vier Laborantinnen

gebe. Petra habe ich erzählt, dass sie gekündigt habe, weil sie eine besser bezahlte Stelle gefunden habe. Ich wollte nicht mit Petra darüber diskutieren, ob ich übervorsichtig bin oder nicht. Sicherheitshalber habe ich die Schließzylinder sämtlicher Türen ausgetauscht. Sorgfältig habe ich nach versteckten Videokameras und Abhörwanzen gesucht. Zum Glück habe ich nichts gefunden. Ob Pharmelli die Spionin entsandt hat? Oder habe ich sie zu Unrecht verdächtigt?

Dezember 1986.
Im Abstand von wenigen Tagen kontrollierten das Gewerbeamt, die Berufsgenossenschaft und die Feuerwehr das Labor auf die Einhaltung der Vorschriften. Uns wurde auferlegt, den einzigen Ausgang als Fluchtweg zu beschildern. Großzügigerweise wurde uns bis zur Anbringung das Arbeiten nicht verboten.

Dann erschien auch noch unangemeldet ein Vertreter des Vermieters zur Besichtigung. Ich vereinbarte einen späteren Termin, weil es nicht passte. Zur Probe rief ich den Vermieter an, er wusste von nichts. Der angebliche Vertreter kam nicht zum abgesprochen Zeitpunkt. Ob Pharmelli ihn geschickt hatte? Ich belastete Petra nicht mit diesem Verdacht.

Januar 1987

Stolz präsentierte mir Petra ihren ersten Jahresabschluss mit Bilanz und Erfolgsrechnung für das Labor. Die Summe der angehäuften Schulden ließ mich besorgt schlucken. Dafür beglückte mich der, wenn auch bescheidene, Gewinn umso mehr. Selbst in meiner schöngerechneten Kalkulation war ein Verlust für die ersten fünf Monate geplant. Die Umsatzentwicklung der letzten Wochen lässt mich hoffen, dass sich im neuen Jahr unsere finanzielle Lage verbessern wird.

Doch viel wichtiger ist, dass ich mich kaum noch um den laufenden Betrieb kümmern muss. So kann ich mich im gebotenen Maße meinen schlauen Ratten widmen. Für Petra und Jan bleibt wieder ausreichend Freizeit.

Die Fortschritte mit den intelligenten Labortieren sind in den Versuchsprotokollen (Visicalc Tabellen) detailliert dokumentiert. An dieser Stelle sei deshalb nur vermerkt, dass ich froh bin, den Schritt in die Selbstständigkeit gewagt zu haben. So komme ich mit der Erforschung des AKWs (‚Alles klar Wirkstoff‘) schneller voran und das Wissen über den AKW ist geschützter, damit es nicht in falsche Hände gerät.‘

Jan lehnte sich zurück und fragte sich, wessen Hände denn sein Vater für falsch gehalten hätte. Na, Hauptsache sein BMW war nicht inzwischen in falsche Hände geraten. Morgen wollte Jan zu Auto de Jong, dem Gebrauchtwagenhändler, um über den Wagen seinen Vater zu finden.

22.

Es gibt Menschen, die sind so maulfaul, dass sie lieber warten, bis alle Betroffenen beisammen sind, als dass sie etwas mehrmals sagen müssen. Der Berliner Apotheker, Christian Teschke, gehörte zu diesen Stimmschonern. Am Montagmorgen war ihm etwas aufgefallen. Da seine Mitarbeiterin, Frau Zöpfel, ihren freien Tag hatte, konnte er sie erst am Dienstag verhören. Abends lag er im Bett, als Tina heimkehrte. Am Mittwochmorgen setzte sich Tina zu den Eltern an den Frühstückstisch. Sonst hätte er noch länger gewartet. Oft genug erledigte sich Unausgesprochenes auch inzwischen von allein.

»Mir sind zwei merkwürdige Dinge aufgefallen«, begann er, »Als ich am Montag die Seitentür zum Treppenhaus aufschloss, wunderte ich mich, dass ich den Schlüssel nur einmal drehen musste. Wir schließen beide Türen immer doppelt ab. Im Hinterzimmer leuchtete die Schreibtischlampe. Ich weiß genau, dass ich sie ausgeschaltet hatte, damit sie nicht den ganzen Sonntag Strom verbraucht. Frau Zöpfel schwört, dass sie am Freitag zuletzt in der Apotheke gewesen war. Da ich davon ausgehe, dass ihr das auch nicht gemacht habt, bleibt nur eine Erklärung, ein Fremder muss in der Apotheke gewesen sein.«

»Oh wie furchtbar, ein Einbrecher!«, stöhnte die Apothekerfrau.

»Ist denn irgendetwas gestohlen worden? Geld, Drogen oder teure Medikamente?«, fragte Tina.

»Geld lasse ich ja nie da. Den Sicherheitsschrank habe ich natürlich sofort kontrolliert. Ist alles in Ordnung. Sonst hätte ich ja auch die Polizei gerufen.«

»Wisst ihr, woran ich denken muss?«, sinnierte Tina.

Ihr Vater nickte: »Wahrscheinlich an Muttis Nähkasten und den Brief an Dr. Wolewski.«

»Genau. Irgendeiner durchsucht unsere Sachen.«

»Oh wie furchtbar, ein Dieb!«, klagte die Apothekerfrau.

»Wohl mehr ein Schnüffler. Um materiell Wertvolles scheint es ja nicht zu gehen«, beruhigte Tina ihre Mutter und wandte sich an den Vater: »Hast du einen Verdacht?«

»Darüber zerbreche ich mir seit Tagen den Kopf. Irgendetwas in den letzten Wochen muss diese Heimsuchungen ausgelöst haben. Das einzige Ungewöhnliche, was mir dazu einfällt, ist dieser Möchtegernerpresser. Dr. Wolewski, der Bescheißer, schickte seinen Sohn, um mich zu erpressen. Da das so nichts wurde, suchen sie jetzt nach Flecken auf meiner Weste, um uns noch mehr auszuplündern.«

Seine Frau entrüstete sich: »Deine Weste ist makellos sauber.«

Tina gab zu bedenken: »Jan wusste nicht, dass sein Vater dir die Apotheke verkauft hatte. Er hielt seinen Vater für tot.«

»Das erzählt er. Tatsache ist, dass er versucht hat, mich zu erpressen, und sein Vater mir seine schlecht laufende Apotheke angedreht hat. Das sind Gauner, die noch nicht einmal davor zurückschrecken, in Apotheken und Privatwohnungen einzubrechen.«

Tina blähte die Backen und verdrehte die Augen: »Ich muss los. Bis heute Abend.«

Diese haltlosen Anschuldigungen waren ihr zuwider. Mitunter entwickelte sich ihr sonst so wortkarger Vater zum Hassprediger. Ihre einfältige Mutter konnte nicht, wollte nicht oder wagte nicht, ihn zu stoppen. Tina hatte es vor Jahren aufgegeben. Sie wies ihn nur kurz auf die Tatsachen oder den Mangel an Beweisen hin und zog sich dann lieber schleunigst zurück. Leider hatte sie diesen Hang zur Vorverurteilung auch bei Jan beobachtet. Wie der immer über seinen Vater herzog, ohne dessen Motive zu kennen, fand sie nicht sonderlich sympathisch. Vielleicht war sie aber auch zu streng mit ihm. ‚Wer weiß, wie ich das sähe, wenn ich wie er aufgewachsen wäre.‘

23.

An diesem Mittwochvormittag zuckelte Jan in Amsterdam mit der Straßenbahn zum Gebrauchtwagenhändler. Der hilfsbereite Hotelportier hatte ihm das Verkehrsmittel empfohlen. Es surrte auf gerader Strecke gefährlich leise und kreischte in den Kurven nervend schrill. Sobald sie die pittoreske Altstadt verließen, langweilte die moderne Bebauung. In keiner anderen Stadt war Jan der Unterschied so krass aufgefallen. Beim Übergang von schmucklosen Wohngebäuden zu zweckmäßigen Gewerbehallen hatte sich der Autohändler niedergelassen. Vor der Halle standen vier Aufmerksamkeit erregende Modelle. Den Vorplatz schmückten bunte Wimpel. In dem Gebäude waren links und rechts vom Eingang schmale Büros mit Fenstern nach innen abgeteilt. Hinter einigen Glasscheiben waren Menschen zu erkennen. Die größte Fläche belegten die dicht gedrängten Autos. Es gab drei Gänge. An jedem standen beidseitig gebrauchte Autos mit den Schnauzen zum Gang. Im ersten Augenblick überwältigte Jan das Angebot. Er schritt in den Mittelgang. Hier waren links Cabrios, Sportwagen und Nobelkarossen und rechts die unförmigen Geländewagen für die Stadtförster aufgereiht. Je weiter er nach hinten kam, desto älter und billiger wurden die Angebote. In den Parallelgängen links und rechts wurden die normalen Pkws angeboten. Jan brauchte fünf Minuten, bis er den BMW mit Michaels deutschem Nummernschild fand. Der zehn Jahre alte 318er mit 165.000 km sollte immer noch wie im Internet 6.500 Euro kosten. Jan umrundete den dunklen nicht mehr ganz modern aussehenden Viertürer und mimte durch Blick ins Innere Interesse. Er versuchte, die Fahrertür zu öffnen. Sie war abgeschlossen. Jan schaute sich suchend um und entdeckte einen Anzugmann mit schriller Krawatte zielstrebig und strahlend auf ihn zukommend. Er begrüßte Jan auf Holländisch. Jan erwiderte: »May I speak English?« (Darf ich Englisch sprechen?)

Der Verkäufer hatte vermutlich den deutschen Akzent erkannt, denn er bot an:«If you are German, können wir auch Deutsch sprechen.«

Jan musste innerlich schmunzeln. Entsprach das doch genau dem, was er über die Holländer gehört hatte. Viele können Deutsch, mögen es aber nicht, dass es wie selbstverständlich von ihnen erwartet wird. Wenn es allerdings darum geht, etwas zu verkaufen, ist das natürlich etwas ganz Anderes.

»Dank u wel!«, bedankte sich Jan mit dem einzigen holländischen Brocken, den er kannte, und fragte, »wird dieser BMW mit dem deutschen Kennzeichen verkauft?«

»Sehr gerne, wenn Sie das möchten.«

»Ich hätte noch einige Fragen an den Vorbesitzer.«

»Die kann ich gerne weiterleiten.«

»Ich würde lieber direkt mit ihm sprechen.«

»Das ist leider nicht möglich. In den Niederlanden ist der Schutz für Personendaten sehr streng. Wollen Sie sich mal in den Wagen setzen?«

»Ja unbedingt.«

»Ich hole den Schlüssel«, rief der circa vierzigjährige Strahlemann im Weggehen, »ich bin gleich wieder bei Ihnen. Ich heiße übrigens de Kievit.«

Hinter dem Lenkrad roch Jan nur Reste eines parfümierten Reinigungsmittels. Er hatte gehofft, noch einen Hauch von Vaters Duft zu schnuppern. Kettenraucher war er jedenfalls nicht. Da der Fahrersitz nicht völlig durchgesessen war, war sein Vater nicht übergewichtig. Jan schaute noch unter die Motorhaube und in den Kofferraum. Leider fehlten auch dort aufschlussreiche Individualisierungen, wie Aufkleber oder technischer Schnickschnack.

Jan hatte sich bisher mit jeglicher Meinungsäußerung zurückgehalten. Zu den Lobpreisungen des Verkäufers über den fantastischen Zustand und die niedrige Kilometerzahl hatte er nur stumm genickt.

De Kievit schien sich immer sicherer zu werden, dass Jan den Wagen kaufen wollte, denn er fragte:»Wollen wir mal eine Probefahrt machen?«

»Gerne, aber vorher müssen wir uns noch über den Preis einigen.«

Die Augenwinkel des Verkäufers zucken. Sein Gesicht verformte sich zu einem überraschten Fragezeichen.

»Ich dachte an 4.000 Euro.«

Der Gesichtsausdruck wechselte in überspielte Entrüstung. »Über Preise verhandeln wir nur im Büro.« Dabei zeigte er zu den Fenstern:»Kommen Sie, ich merke, Sie wollen uns ruinieren.«

Jan kam der Verdacht, dass hier Preisverhandlungen vor den Fahrzeugen und in Hörweite anderer Kunden als unschicklich galten. Deshalb waren die Besprechungskammern wahrscheinlich als schalldichte Kabinen eingerichtet. Vor dem kleinen Schreibtisch konnten zwei Kunden mit dem Rücken zur Tür sitzen. Der Verkäufer nahm hinter dem Schreibtisch mit dem Rücken zum Fenster Platz. So konnten die Kunden die Fahrzeuge in der Halle sehen. Eventuell auch andere Interessenten für ihren Wunschwagen. Jan fragte sich, ob da manchmal von der Belegschaft etwas inszeniert wurde, um einen Vertragsabschluss zu beschleunigen.

Der Verkäufer pries zunächst noch einmal ausführlich die Vorzüge des BMWs an und nannte die 6.500 Euro einen Schnäppchenpreis. Jan wiederholte sein Gebot von 4.000. Aus dem Plappermaul sprudelte: »Wir haben hervorragende Modelle in Ihrer Preislage. Ich denke da an unseren Topknüller des Tages, ein Superangebot. Ich hoffe, der ist noch da.«

»Ich will diesen 318er oder gar keinen.«

De Kievit japste gequält und blätterte in der Akte vor sich. Jan fragte sich, in welchem Maße er schauspielerte. Jedenfalls entdeckte sein Gegenüber plötzlich etwas in den drei Seiten, was seine Miene aufhellte: »Ich sehe, dass wir Ihren Wagen auf Kommissionsbasis hereingenommen haben. Vielleicht ist der Eigentümer bereit, Ihnen preislich etwas entgegen zu kommen. Ich rufe ihn gleich mal an.«

Genau darauf hatte Jan gehofft. Der Verkäufer hielt mit der linken Hand die Akte geöffnet, damit er die Telefonnummer lesen konnte. Mit der rechten tippte er die Zahlenfolge in die Telefontastatur. Jan versuchte, die Nummer über Kopf zu lesen. Leider verdeckte de Kievits Hand die letzten Ziffern.

Der Händler lauschte in den Telefonhörer. Dann schien sich jemand zu melden, denn er grüßte sehr freundlich, erkundigte sich nach dem Befinden und gratulierte zu der weisen Entscheidung, den Wagen über Auto de Jong zu verkaufen: »Trotz der schwersten Krise aller Zeiten ist es uns gelungen, einen Käufer zu finden. Er ist bereit, für Ihren BMW mit deutschem Nummernschild 4.000 Euro zu bezahlen.«

Da de Kievit Deutsch sprach, war Jan überzeugt, dass er mit seinem Vater telefonierte. Der Kaufmann verstummte kurz und horchte, dann wandte er sich an Jan: »Für 5.000 Euro können Sie ihn haben.«

Jan nickte.

»Er ist einverstanden. Wir melden uns, wenn das Geld da ist.«

Jan erhob sich, zückte sein Notizbuch aus der Innentasche seines Jacketts und tat so, als ob er sich die 5.000 notierte, tatsächlich ver-

suchte er, die Telefonnummer auf dem Display des Telefons zu entziffern. Nach der dritten Stelle verschwand die Anzeige. Jan verkniff
sich den üblichen Fäkalfluch. De Kievit füllte bereits das Kaufver-
tragsformular aus.

Jan bremste ihn:»»Bevor ich irgendetwas unterschreibe, muss ich
erst mal sehen, ob und wie ich hier an mein Geld komme. Am besten
machen wir die Probefahrt zum Hauptbahnhof. Dort sind alle Banken niedergelassen. Sie fahren alleine mit dem Wagen zurück, und
ich melde mich, sobald ich die 5.000 Euro habe. Das ist doch der
Endpreis?«

»Keine Sorge, in diesem Fall fällt nichts weiter an. Sie müssen den
Wagen in Deutschland natürlich noch ummelden.«

Jan lies beim Rausgehen sein Notizbuch auf dem Tisch liegen. Als sie
das Ende des Ganges erreichten, bemerkte er sein vorgetäuschtes
Versehen. Beim Zurücklaufen rief er:»Oh, ich habe mein Notizbuch
liegengelassen. Ich hol es kurz.«

Im Kabäuschen schnappte er sich mit der linken Hand das Büchlein
und drückte mit dem rechten Zeigefinger auf die Wahlwiederho-
lungstaste. Die vollständige Nummer leuchtet auf. Jan notierte die
restlichen Ziffern. Dann schnaufte er erleichtert.

Kurz darauf fuhr Jan mit Papas BMW gelotst vom ortskundigen
Autohändler kostenlos in das Zentrum zurück. Für Jan haftete dieser Probefahrt etwas typisch Holländisches an, vernünftig und spar-
sam. Der Wagen fuhr einwandfrei.

Zurück im Hotel hätte Jan am liebsten sofort die Nummer gewählt.
Doch das wäre gewiss ein Fehler gewesen. Erstens erwartete sein
Vater frühestens in einigen Stunden den Rückruf des Händlers und
zweitens eine Stimme mit holländischem Akzent. Jan traute sich
nicht zu, so mehrere Sätze überzeugend zu telefonieren. Wahr-

scheinlich würde sich Michael bald über die Hamburger Einfärbung wundern und misstrauisch werden. Jan war zwar überzeugt, völlig dialektfrei zu sprechen, hatte aber mehrfach erlebt, dass Auswärtige seine Heimatstadt heraushörten.

Als Jan das Hotel zum Mittagessen verlassen wollte, wunderte er sich, dass der hilfsbereite Rezeptionist immer noch an seinem Platz saß. Arbeitete der circa gleichaltrige Kahlkopf etwa vierundzwanzig Stunden am Stück? Jan rekapitulierte: Der stets Freundliche begrüßte ihn auf Deutsch, als er gestern Nachmittag eintraf, reichte ihm den Zimmerschlüssel, als er abends vom Essen zurückkam, zeigte ihm heute Morgen den Weg zum Frühstücksraum, danach empfahl er die Straßenbahn und jetzt nickte er ihm grinsend zu. Jan blieb stehen, kehrte zu ihm zurück und fragte: »Ich bräuchte mal eine Adresse, habe aber nur die Telefonnummer. Gibt es hier im Internet diese Rückwärtssuche?«

»Klar. Lass die Nummer mal hier.«

Jan diktierte die Zahlenfolge.

»Oh, das ist ja eine Handynummer. Für die sind meistens keine Adressen gespeichert. Ich werde es trotzdem versuchen.«

»Das ist nett. Aber bitte nicht die Nummer anrufen.«

Der Dauerarbeiter griente verständnisvoll, als ob es sich um ein amouröses Geheimnis handelte.

Als Jan nach dem Essen wieder vor dem Empfangstresen stand, schüttelte der Emsige bedauernd den Kopf: »Ich hatte es befürchtet, Handynummern haben meistens keine Adresse. Kann ich sonst wie helfen?«

»Gibt es hier so einen Vorwahlcode, mit dem man die Anzeige der eigenen Nummer beim Angerufenen unterdrücken kann?«

»Klar. Soll ich mit dem Code die Nummer mal anrufen?«

Jan kalkulierte, dass er inzwischen das Geld zum Händler hätte bringen können. Deshalb erklärte er: »Es müsste allerdings eine kleine Lügengeschichte auf Deutsch werden.«

»Na, da bin ich ja gespannt.«

»Michael Wolewski soll denken, dass Herr de Kievit von Auto de Jong seinen BMW verkauft hat und das Geld bei ihm vorbeigebracht werden soll. Dafür wird seine Adresse benötigt.«

»Alles klar.«

Jan beobachtete den Hilfreichen beim Telefonieren. Das Gespräch war nach kürzester Zeit beendet. Offenbar geizte der Anrufer um Gebühren oder Michael passte es nicht. Dennoch erhielt Jan einen kleinen Zettel mit der Anschrift: »Anjeliersstraat 10, das ist ganz in der Nähe, nur zwei Grachten weiter. Er wird aber erst gegen 17 Uhr zu Hause sein.«

Jan schob einen Zehneuroschein über die Theke: »Dank u wel.«

Der Schein verschwand schneller, als Jan den Adresszettel einstecken konnte. Statt eines Danks zwinkerte der Hotelangestellte mit dem rechten Auge. Für Jan blieb es deshalb unklar, ob der Betrag angemessen oder völlig unnötig war? Es war immerhin sein erster Versuch. Leider lernte man so etwas weder in der Schule noch auf der Uni. Das hätte ihm sein Vater beibringen müssen. Aber der versteckte sich ja lieber seit fast zwanzig Jahren. Gezahlt hatte Jan eigentlich nur, weil er das in Filmen gesehen hatte.

Da Michael erst gegen 17 Uhr den vermeintlichen Geldboten empfangen wollte, beschloss Jan, bis 16 Uhr im Hotel zu bleiben und in Papas Beichte weiter zu lesen. Dann bliebe ihm noch genug Zeit, die Wohnung zu suchen und sich auf die Lauer zu legen:

,März 1987.
Die Steigerung der Intelligenz der Ratten durch den AKW war nun hinreichend eindeutig und wissenschaftlich nachprüfbar bewiesen. Da ich in den Aufzeichnungen der Versuche (Visicalc Tabellen) die Veränderungen des Sozialverhaltens nicht beschrieben habe, sei hier Folgendes ergänzt. Wobei es mir als Naturwissenschaftler schwerfällt, diese nicht messbaren und wahrscheinlich kaum reproduzierbaren Veränderungen überhaupt zu erwähnen:
Das hinlänglich bekannte Sozialverhalten in der Gruppe blieb weitgehend erhalten. Folgende Veränderungen beobachtete ich:

1. In homogenen AKW-Gruppen ging es ruhiger und weniger aggressiv zu, als in AKW-freien Gruppen.

2. In gemischten Gruppen blieben die AKW-behandelten lieber unter sich, ohne jedoch die anderen aggressiv auszugrenzen.

3. Geschlechtsspezifische Veränderungen in AKW-Gruppen habe ich nicht bemerkt.

Eine Verhaltensweise überraschte mich:
AKW-behandelte tauschen ihr individuelles Wissen untereinander aus. Das ließ sich eindeutig nachweisen. Ich frage mich nur, ob das ohne Sprache geht? Oder gibt es eine Rattensprache? Nur bei AKW-behandelten oder bei allen? Ich brach diese

Untersuchungen ab, da ich auf dem Gebiet der Tierverhaltensforschung weniger weiß als ein interessierter Laie.

Im Rahmen der Gruppenversuche kontrolliere ich auch, ob bei AKW-behandelten genetische Veränderungen auf die Nachkommen übertragen werden.

Juni 1987.
Bei keiner der möglichen Kombinationen waren bis in die dritte Generation Veränderungen des Erbguts feststellbar.
Intelligenteres Verhalten der Nachkommen von AKW-behandelten war nachweisbar nur auf das Lernen von den Eltern oder der Gruppe zurückzuführen.

Juli 1987.
Die älteste AKW-behandelte Ratte zeigte auch nach zwei Jahren noch keine reduzierte Intelligenz oder sonstige negative Nebenwirkungen. Das lässt mich vermuten, dass der AKW zu einer dauerhaften Veränderung des Gehirns führt.

Von weiteren Versuchen mit dem AKW bei Ratten versprach ich mir keine neuen Erkenntnisse. An den nächsten Schritt wage ich kaum zu denken, geschweige denn, ihn aufzuschreiben.'

Jan musste an seinen nächsten Schritt denken. Es wurde Zeit, seinem Vater aufzulauern. Er suchte auf dem Stadtplan den kürzesten Weg vom Hotel zu Michaels Adresse und prägte ihn sich ein.

24.

Um diese Zeit durchstöberte Tina die Hamburger Wohnungsangebote im Internet. Sie hatte mit zwei Maklern und einem Vermieter telefoniert und Besichtigungstermine für kommenden Samstag vereinbart. In den Fingerspitzen kribbelte Vorfreude. Die bezog sich weder speziell auf Hamburg noch auf Jan. Allein die Aussicht auf die Unabhängigkeit von den Eltern beflügelte sie. Seit Jahren sehnte sie sich danach. Sie lebten zwar in liebevoller und respektvoller Freundschaft zusammen, aber Tina störte seit Langem Vaters Genügsamkeit, nie bemühte er sich um die beste Lösung. Als er sich als Apotheker selbstständig machen wollte, suchte er nicht den Standort mit dem besten Potenzial, sondern übernahm lieber die billigste Apotheke. Wahrscheinlich hatte er auch aufgrund seiner Anspruchslosigkeit das dümmliche Mädchen aus der Nachbarschaft geheiratet. So wollte Tina auf gar keinen Fall leben. Sie befürchtete, dass sie sich, wenn sie noch länger wartete, ähnlich entwickeln könnte. Nach dem Abitur hatte sie geprüft, in welcher Stadt sie am besten studieren könnte. Dabei hatte sie gegenüber Berlin nirgendwo gravierende Vorteile entdeckt. In ein berliner Studentenwohnheim zu ziehen, statt bei Muttern zu bleiben, hätte nur unnötig Zeit und Geld gekostet. All die Jahre ermahnte sich Tina, nicht diese elterliche Mittelmäßigkeit anzunehmen. Jetzt freute sie sich, bald in der modernsten Klinik Europas arbeiten zu können. Der Umzug in eine fremde Stadt schreckte sie nicht. Das schien Ulrich, ihr kaum noch fester Freund, anders zu sehen. Für ihn kam ein Städtewechsel überhaupt nicht in Betracht. »Da kenne ich ja keine Sau«, ächzte er und ergänzte, »außerdem habe ich es hier bei meinen Eltern noch jahrelang am bequemsten und günstigsten.«

Es ärgerte Tina erneut, dass Ulrich nur mit seinem Bekanntenkreis und der häuslichen Bequemlichkeit gegen ihre Zukunftspläne argumentierte. Das absehbare Ende ihrer Beziehung, Liebe mochte Tina es nicht mehr nennen, hatte er bislang mit keinem Wort bedauert.

25.

Jan fand die Anjeliersstraat, eine enge Gasse bei der Prinsen Gracht, sofort. Für den richtigen Hauseingang brauchte er länger. Die Öffnung zwischen den kleinen Schaufenstern eines Bücherantiquariats und einer Secondhandboutique war so schmal und nach innen versetzt, dass Jan zweimal an ihr vorbei gegangen war. Rechts neben der ehemals schwarz lackierten Holztür zum Treppenhaus befand sich im neunzig Grad Winkel zur Gasse die hell gestrichene Eingangstür zum Antiquariat. Die eingemeißelte ‚10‘ an der Hauswand über der Öffnung bestätigte Jan, wenigstens vor dem richtigen Eingang zu stehen. Neben den drei Klingelknöpfen war leider nur der obere mit ‚de Groot‘ beschriftet. Die beiden darunter hießen nur ‚2‘ und ‚1‘. Jan grollte, weil sein Vater nicht ‚Dr. Michael Wolewski‘ auf das Schildchen geschrieben hatte. Von schräg gegenüber betrachtete Jan das schmale Gassenhäuschen. Über der Tür und dem Schaufenster des Buchhändlers gab es drei Fenster mit weißen Fensterkreuzen. Darüber befanden sich noch zwei identische Stockwerke. Aus dem Dachgeschoss ragte ein Balken mit einer Seilrolle am Ende heraus. Damit waren hier fast alle Häuser ausgestattet.

Trotzdem sahen die aneinandergepressten Gebäude alle anders aus. Nur in der Höhe ähnelten sie sich. Sie unterschieden sich vor allem in der Breite der Fassaden. Die Anzahl der schmalen Fenster variierte zwischen zwei bis sechs. In Vaters Haus waren im ersten und zweiten Stock alle Fenster geschlossen. In einem der beiden vermutete er Michaels Wohnung.

Schon morgens auf dem Weg zum Autohändler hatte Jan befürchtet, dass es bald regnen würde. Jetzt nieselte der noch mehr ergraute Himmel. Jan suchte einen trockenen Beobachtungsposten. Hier an der Ecke konnte er ohnehin nicht bleiben, wenn ihn Michael nicht sofort entdecken sollte. Ob der ihn überhaupt erkennen würde? Jan wollte sich lieber verstecken.

Gleich an der Ecke dümpelte ein Hausboot in der Gracht. Über dem Zugangssteg hing ein grüngelbes Schild, auf dem mit poppigen Buchstaben ‚DROOM BOOT' gemalt war. Neben der Eingangstür blinkte eine rote Leuchtschrift ‚Coffeeshop'. Von den uferseitigen Fenstern müsste man den Hauseingang trocken und unbemerkt beobachten können. Jan zog die Tür auf. Laute Reggaemusik wehte ihm eine Haschischwolke entgegen. Durch die Rauchschwaden erkannte Jan, dass noch ein gut gelegener Fensterplatz frei war. An dem Tisch saß ein versonnen grinsendes Pärchen. Jan setzte sich ihnen gegenüber und nickte ihnen freundlich zu. Sie kicherten langsam und lange wie in Zeitlupe. Jan behielt den Hauseingang im Auge.

Einige Minuten später tippte ihm ein Schürzenmädchen auf die Schulter, führte ein imaginäres Glas zum Mund und schaute ihn fragend an. Jan hob eine unsichtbare Tasse und trank daraus. Dann konzentrierte er sich wieder auf die Haustür. Die Serviererin schrie laut genug gegen die Musik: »Kaffee?« Er nickte, ohne sie anzusehen. Kurz darauf dampfte ein hoher Henkelbecher vor ihm. Das Kaffeearoma setzte sich wenige Takte lang gegen den Cannabisdunst durch.

Es war 16:45 Uhr. Jan starrte immer noch auf den Eingang. Er war sich nicht sicher, wie er vorgehen sollte, wenn Michael nach Hause kam. Sollte er einfach klingeln und sich zu erkennen geben? Würde Michael ihn überhaupt erkennen? Wann hatte der ihn das letzte Mal gesehen? Egal, die Jahre, in denen Jan lebendige Eltern an seiner Seite gebraucht hatte, waren vorbei. Die ließen sich nie nachholen. So blieb nur die Hoffnung, die Gründe zu erfahren.

Umgekehrt war Jan überzeugt, Michael aufgrund des Radarfotos zu erkennen. Das Bild war nur ein drei viertel Jahr alt. Das nützte indes nicht, den Mann zu identifizieren, der jetzt unter einem Regenschirm mit einer bauchigen Albert-Heijn-Tüte in der Hand vor der Haustür stehenblieb. Er hängte den Plastiksack an den Handgriff des aufgespannten Schirmes und fummelte mit der freien Hand in die Hosentasche. Dann schloss er die Tür auf und verschwand. Sein Gesicht blieb dabei verborgen. Gespannt hoffte Jan, dass in einem der Stockwerke Licht eingeschaltet werden würde oder wenigstens eine unsichtbare Hand ein Fenster öffnen würde. Doch nichts geschah. Trotzdem nahm Jan an, dass sein Vater jetzt dort drüben auf den Geldboten wartete.

Um 17:15 Uhr klingelte Jan bei ‚1‘. Da es keine Gegensprechanlage oder gar Videokamera gab, zweifelte er, ob sich in dem alten Gebäude die Haustür von oben öffnen ließe. Nach circa einer Minute drückte Jan noch mal, diesmal etwas länger, den Klingelknopf. Jan trat einige Schritte zurück, um die Fenster im ersten

Stock zu beobachten. Aus keinem Fenster schimmerte Licht. Auch sonst rührte sich nichts. Beim dritten Versuch morste Jan kurz, kurz, lang. Das veranlasste Michael aber auch nicht, die Tür zu öffnen. Wütend versuchte Jan es jetzt mit Sturmklingeln im zweiten Stock und schließlich bei de Groot im obersten Stockwerk. Keiner zeigte sich. Die Haustür blieb verschlossen. Warum verkroch sich sein Vater wie ein scheues Reh in dem Gassendickicht? Wovor fürchtete sich der Angsthase so sehr, dass er sogar das angekündigte Geld verschmähte?

Verbittert gab Jan auf und kehrte zum Hotel zurück. Morgen würde er hoffentlich mehr erreichen. Dann wollte er ihm beim Verlassen des Hauses auflauern und verfolgen. ‚Mal sehen, was der verantwortungslose Familienverweigerer donnerstagmorgens in Amsterdam so treibt.'

Nach dem Abendessen legte sich Jan aufs Bett und las in Michaels geheimen Aufzeichnungen weiter:

‚September 1987.
Seit ich im Juli die AKW-Versuche mit den Ratten beendet habe, beschäftigt mich die Frage, wie es weitergehen soll. Schließlich geht es mir ja nicht um die Steigerung der Intelligenz von Ratten. Die Ratten werden nur als billige Versuchstiere verwendet. Bei Erfolg kommt stets der Zeitpunkt der schweren Entscheidung: ‚Darf der Wirkstoff versuchsweise bei Menschen eingesetzt werden?'
Da viele Ratten bestimmte Dosierungen des AKWs nicht überlebt haben, sind Versuche mit Menschen

sehr riskant. Die üblichen klinischen Tests sind damit ausgeschlossen. Das Risiko dürften nur Freiwillige für die Behandlung ihrer sonst sicher tödlichen Krankheiten, wie z.B. bei einigen Krebsarten, eingehen. Darum geht es aber bei dem AKW nicht.

Der Kreis der Eingeweihten ist bei normalen klinischen Tests groß. Angesichts der erhofften Wirkung wäre die Geheimhaltung bei den Probanden zweifelhaft. Falls etwas durchsickert, ist fraglich, wie die Öffentlichkeit reagieren würde. Ohne zu wissen, wie der AKW bei Menschen wirkt, muss er unbedingt geheim bleiben. Deshalb bleibt mir nur der Selbstversuch.

Ich sehe mal wieder drei Möglichkeiten:
1. Kein Selbstversuch, weil man so etwas als verantwortungsvoller Familienvater nicht riskieren darf.
2. Selbstversuch ohne Petras Wissen.
3. Selbstversuch mit Petras Wissen.

Die Möglichkeit, auf den Selbstversuch zu verzichten, halte ich mittelfristig für sehr theoretisch. Dafür bin ich viel zu lange und intensiv mit der Forschung des AKWs beschäftigt. In Wahrheit brenne ich darauf zu erfahren, welche Veränderungen der AKW bei mir hervorruft.

Beim Selbstversuch ohne Petras Wissen gäbe es nur den Vorteil, dass Petra sich nicht dagegen aussprechen könnte. Dem ständen aber folgende Nachteile gegenüber:

a) Petra war als Biologin selbst in der wissenschaftlichen Forschung tätig. Sie könnte deshalb das Projekt mit Fragen und Anregungen unterstützen.

b) Im Falle einer negativen Auswirkung könnte Petra wesentlich besser helfen, als wenn sie nicht Bescheid wüsste.

c) Im Falle einer positiven Auswirkung würde Petra es möglicherweise bemerken. Oder ich würde es Petra gestehen. In beiden Fällen würde meine Heimlichtuerei unser Vertrauensverhältnis und damit unsere Liebe gefährden.'

Jan legte den Text zur Seite, verschränkte die Hände hinter dem Kopf und blies aufgestaute Luft aus. Was war sein Vater bloß für eine merkwürdige Persönlichkeit. Wie konnte er sich denn nur so sachlich und schriftlich überlegen, ob er seine geliebte Ehefrau über den gewiss nicht ungefährlichen Selbstversuch informieren sollte? Genügend Ratten hatten das Experiment nicht überlebt. Jan schüttelte den Kopf. ‚Mein Vater, das rätselhafte Wesen. Na, Morgen werde ich ihn beschatten und hoffentlich mehr herausfinden.'

26.

Am nächsten Morgen flitzte Jan kurz nach 7 Uhr zur Anjeliersstraat, um seinem Vater aufzulauern. Es dämmerte. Der graue Himmel konnte das Wasser nicht halten. Um sich einigermaßen vor dem

Sprühregen zu schützen, strich Jan dicht an den Häuserfronten entlang. Im Haus Nummer 10 waren alle Fenster geschlossen. Im ersten Stock waren keine Gardinen zu sehen, vielleicht waren sie aber auch nur zur Seite geschoben. Gardinen schienen den Holländern ja sowieso suspekt zu sein. Oder galten sie immer noch als entbehrlicher Luxus? Früher soll der niederländische Fiskus eine Gardinensteuer erhoben haben. Im zweiten Stock schimmerte Licht hinter zugezogenen Vorhängen. Damit Michael ihn nicht von oben entdecken konnte, blieb Jan immer auf dessen Gassenseite. Die mickrigen Schaufensterauslagen rechtfertigten sein ausgiebiges Betrachten nicht. Er kam sich auffällig, geradezu verdächtig, vor. Zumal nur sehr wenige Fußgänger und Radler durch die Gasse kamen. Es war eindeutig zu früh für diese Gegend.

Um 8 Uhr öffnete endlich das Kifferschiff ‚Droom Boot'. Jan war der erste Gast. Das Schürzenmädchen erkannte ihn offensichtlich wieder, denn sie kopierte seine Trinkpantomime, obwohl die noch leise Musik eine Verständigung durchaus zuließ. Jan setzte sich auf den besten Fensterplatz.

Eine halbe Stunde später erlosch das Licht im zweiten Stock. Eine korpulente Großfrau eilte aus dem observierten Haus. Sie zog ein Kleinkind hinter sich her, wahrscheinlich um es auf dem Weg zur Arbeit in einem Kindergarten abzugeben. Viertel nach 9 Uhr trafen kurz nacheinander der Gebrauchtbuchhändler und die Gebrauchtkleiderhändlerin ein. Der Passantenstrom schwoll an.

Plötzlich trat ein aufgespannter Regenschirm aus dem Hauseingang. Jan sprang auf, als ob ihn ein Stromstoß elektrisiert hätte. Er flitzte aus dem Hausboot. Der Mann hatte sich weit entfernt. Jan schritt schleunigst hinterher. Der Abstand verringerte sich, da der Mann es nicht eilig hatte. Beim Näherkommen erkannte Jan, dass er den linken Fuß etwas nachzog. Jan fragte sich, ob sein Vater tatsächlich humpelte oder Verfolger nur täuschen wollte. Gestern war es Jan jedenfalls nicht aufgefallen. Doch hatte er ihn überhaupt gehen sehen? Jan war sich jetzt gar nicht mehr so sicher. Der Humpler bog nach links ab. Jan stoppte vor der Ecke und lugte vorsichtig herum, um dem listenreichen Michael nicht womöglich in die Arme zu rennen. Der Verfolgte betrat einen kleinen Laden. Dabei konnte Jan ihn erstmalig von der Seite sehen. Es war nicht sein Vater. Der hier war wesentlich jünger, höchstens Anfang dreißig. Enttäuscht kehrte Jan um. Dabei malte er sich aus, dass sein Vater inzwischen das Haus verlassen haben könnte. Beim Zurückeilen starrte er in jedes Männergesicht. Keines ähnelte Michaels.

Schnaufend plumpste er wieder auf seinen noch warmen Platz im ‚Droom Boot‘. Die nutzlose Verfolgung hatte ihn ins Schwitzen gebracht. Das Serviermädchen starrte ihn wortlos aber ausdrucksstark wie eine Stummfilmdiva an. Jan bestellte eine extra kalte Cola.

Bald darauf kehrte der humpelnde Regenschirm in das Haus zurück. Vor Wut, dass er durch diesen Wasserscheuen eventuell seinen Vater verpasst hatte, strafte Jan ihn mit Weggucken. Dadurch verpasste er, was im mittleren Fenster des ersten Stocks passierte.

Als Jan das Haus wieder begaffte, hing dort ein fensterbreites Schild mit leuchtend roten Buchstaben:

‚te huur‘.

Bot sich dort etwa eine Hure an? Betätigte sich sein Vater jetzt als Bordellier oder gar als Zuhälter? Jan kamen Zweifel. Bislang hatte er diese Fleischbeschaufenster nur im Parterre gesehen, nie im ersten Stock und in dieser Gegend überhaupt nicht.

Als das Serviermädchen bei Jan vorbei stöckelte, fragte er sie: »What does ,te huur' mean?« (Was bedeutet ,te huur'?) »To let« (zu vermieten), antwortete sie, ohne zu bremsen. Jan kam ein furchtbarer Verdacht. ,Sollte mein Vater etwa wieder geflüchtet sein?' Jan huschte hinüber zum Hauseingang Nummer 10. Neben dem Klingelknopf für de Groot war ein Kärtchen befestigt, auf dem ,te huur' geschrieben stand. Jan drückte die Taste, ohne zu zögern.

27.

In diesem Augenblick hörte Tina in Berlin in der Wohnung ihrer Eltern den Briefkasten klappern. Seit Tagen lauerte sie auf dieses metallische Klacken. Stets stob sie zum Entleeren hin und kehrte enttäuscht zurück. Doch heute hüpfte sie mit einem dicken Umschlag zurück. Bis sie in ihrem Mädchenzimmer saß, hatte sie das Kuvert bereits mit den Fingern geöffnet. Jetzt zog sie einen Papierstapel heraus. Zuoberst lag der mehrseitige Anstellungsvertrag darunter diverse Anlagen. Tina überzeugte sich, dass der Vertrag unterschrieben war, ab 1. Oktober 2009 galt und das Gehalt stimmte. Entspannt lehnte sie sich zurück. Nun konnte ihre Karriere als Ärztin beginnen. Bei den zahlreichen Anlagen überflog Tina nur die Überschriften. Es ging um Arbeitszeiten, Urlaub, Fortbildung und Umzug. Sie wunderte sich, dass man so viel Kleingedrucktes für

Verwaltungsregeln brauchte. ,Bleibt da überhaupt noch Zeit zum Operieren?'

Am liebsten hätte Tina nur mal kurz Jan die frohe Botschaft gemeldet. Aber erstens konstruierte Jan um diese Zeit Flugzeuge, zweitens würde er ihr doch nur für die Vervollständigung der Ablage gratulieren und drittens wollte sie sich für kommenden Samstag nicht aufdrängen. Immerhin verwirklichte sie mit der eigenständigen Wohnungssuche in Hamburg, ihre Unabhängigkeit, ihr Freischwimmen vom Elternhaus.

Um nicht zu platzen, rief Tina ihren kaum noch festen Freund Ulrich an. Er hatte vor einigen Wochen seinen Anstellungsvertrag unterschrieben. In das kleine Hutzelkrankenhaus in Potsdam wäre Tina nur in größter Not gegangen. Deren Budget reichte wahrscheinlich noch nicht einmal für das Nötigste. Obendrein käme noch die tägliche und vor allem nächtliche Fahrerei nach und von Potsdam. Es sei denn, mal zöge nach Potsdam um. Doch dann könnte man auch in jeder anderen Kleinstadt leben. Das wiederum erschien der Berlinerin dann aber doch gar zu verwegen.

Tina trillerte Ulrich ihr Glück in den Telefonhörer.
Ulrich brummte verhalten: »Wie schön für dich.«
Das ließ Tina verstummen. Ulrich merkte, dass er noch etwas fragen sollte: »Wann fängst du in Hamburg an?«
Jetzt knappste Tina auch: »1. Oktober.«
»Oh, dann findet ja schon bald die Abschiedsparty statt.«
Tina schluckte bitter. Stellte ihr Umzug für Ulrich tatsächlich nur einen Anlass für eine Fete dar? Auf der er hoffentlich gleich ihre Nachfolgerin kennenlernen würde? Tina ärgerte sich, Ulrich ange-

rufen zu haben. Schweren Herzens wartete sie mit ihrem Anruf bei Jan. Vor 18 Uhr würde sie ihn sowieso nicht zu Hause erreichen. Damit blieb ihr noch fast der ganze Tag für ihre Wohnungssuche im Internet. Sie fand tatsächlich neue Angebote und vereinbarte Besuchstermine für Samstag.

28.

Jan hörte über sich eine kehlige, unverständliche Männerstimme. Aus dem Fenster im dritten Stock lugte der Humpler. Jan rief auf Englisch, dass er die angebotene Wohnung besichtigen wolle.

Kurz darauf schnarrte der Türöffner. Jan betrat den Stiegenschacht. Die schmale Treppe, die direkt hinter der Haustür begann, war noch steiler als die in seinem Hotel, fast wie eine senkrecht stehende Leiter. Jan wagte den Aufstieg. Von oben näherten sich hölzernes Knarren und Poltern. Vor der Wohnungstür im ersten Stock quetschten sich die beiden an sich schlanken Männer, bis es dem Vermieter endlich gelang, die Tür aufzuschließen. Nach diesem berührenden Vorspiel wirkte die winzige Wohnung geradezu weitläufig. Einen Flur gab es nicht. Durch die Tür trat man in das Wohnzimmer von dem eine Tür in die Bettkammer und eine weitere in die Badzelle führten. Für die Küchenzeile dazwischen gab es keine Tür. Dafür verfügten alle drei Nebengemächer über je ein kleines Fenster nach hinten hinaus. Das Wohnzimmer war mit Sofa, zwei Sesseln, Esstisch mit vier Stühlen und einem voluminösen Fernseher auf einem Sideboard vollständig möbliert. Die zusammen gewürfelte Ausstattung hatte sich offensichtlich seit Generationen bewährt. Jan schaute aus dem linken der drei Wohnzimmerfenster. Die Fenster auf der anderen Gassenseite schienen zum Rüberreichen nah. Jans Augen suchten nach Hinweisen auf seinen Vater. Persönliche Gegenstände hatte Michael nicht zurückgelassen. Unter dem Telefon neben dem Fernseher lag das Amsterdamer Telefonbuch, darunter ragte noch etwas Buntes hervor. Jan zog es heraus. Es war der Katalog einer Reederei für Kreuzfahrten.

De Groot erklärte: »Oh, den hat der Vormieter vergessen. Der ist gestern ganz plötzlich ausgezogen. Deshalb ist die Wohnung auch noch nicht gereinigt worden.«

»Wer hat denn hier gewohnt?«, wollte Jan wissen.

»Auch ein Deutscher.«

»Und warum ist er so überstürzt ausgezogen?«

»Keine Ahnung. Er sagte nur, dass er sofort nach London müsse. Ein Jammer, wo er doch seit Monaten so fleißig unsere Sprache gelernt hat.«

»Ach tatsächlich, welche Sprachenschule hat er denn besucht?«

»Soweit ich weiß, die am Blumenmarkt über dem Japaner. Das ist nicht weit von hier. Von hier ist sowieso alles in der Nähe.«

»Darf ich den Reisekatalog behalten?«

De Groot zuckte mit den Schultern: »Für wie lange wollen Sie die Wohnung mieten?«

»Ich will mir noch zwei andere ansehen. Diese habe ich nur zufällig auf dem Weg entdeckt. Ich rufe Sie heute Abend an.«

Jan schrieb die Telefonnummer in sein Notizbuch. De Groot humpelte zur Wohnungstür. Jan merkte, dass er gehen sollte.

Auf dem Weg zur Sprachenschule überlegte sich Jan, dass Michael gewiss nicht nach London wollte. Sonst hätte er dem Vermieter Rom gesagt. Jan setzte sich auf eine Bank mit Grachtenblick und durchsuchte seine Taschen. Er fand den Zettel mit der stibitzten Handynummer. Wie erwartet, meldete sich sein Vater nicht. Wahrscheinlich hatte er das mobile Telefon längst in eine Gracht geworfen.

Den Blumenmarkt fand Jan sofort. Auch hier hatte offensichtlich die Konzentration des Einzelhandels stattgefunden. Von den verbliebenen drei Großständen verkaufte nur einer frische Blumen und Pflanzen. Die beiden anderen hatten sich auf Tulpenzwiebeln, beziehungsweise Trockensträuße spezialisiert. Bei dem Japaner standen Porzellan, Möbel und Kimonos in den Schaufenstern. Darüber residierte tatsächlich eine Sprachenschule. In dem Puppenstubensekretariat fragte Jan nach Michael Wolewski. Die schielende Frau Dr. Wichtig wies darauf hin, dass grundsätzlich keine Informationen über Schüler preisgegeben werden.

»Da bin ich aber froh, dass bei Ihnen der Schutz persönlicher Daten wirklich ernst genommen wird«, lobte Jan.

Die Blicke der Datenschützerin kreuzten sich zwar weiterhin, aber ihre strengen Züge schmolzen.

»Wen sollte ich fragen, um mit ihm in Kontakt zu kommen?«

»Vielleicht kann Rosa Ihnen helfen.«

»Das ist gewiss eine gute Idee. Wo kann ich Rosa treffen?«

»Rosa erteilt Einzelunterricht.« Dabei plierte sie auf den Bildschirm vor sich. Dann strahlte sie: »Sie haben Glück. Heute ist Rosa von 15 bis 16 Uhr noch frei. Soll ich sie reservieren? Die Stunde kostet 25 Euro.«

Jan konnte nur stumm nicken. Die holländische Geschäftstüchtigkeit hatte ihm die Sprache verschlagen. Dass er sofort bezahlen musste, überraschte ihn nicht. Nachdem sie das Geld in einer Metallkassette weggeschlossen hatte, verriet sie: »Rosa Rodriguez erwartet Sie um 15 Uhr im Raum 41. Das ist im vierten Stock.«

Draußen wunderte sich Jan, dass jemand mit einem so unholländischen Namen Niederländisch unterrichtete. Beim Mittagessen mit Stäbchen beim Indonesier neben dem Japaner blätterte er in dem

Reedereikatalog. Auf Seite 12 fand er, was er suchte. Jemand hatte in der Terminübersicht eine Zeile mit einem blauen Kugelschreiber unterstrichen:

`Seereise von Amsterdam nach St. Petersburg mit zahlreichen Zwischenstopps in Ostseehäfen.`

`Abfahrt 2. September 17:00 Uhr`
`Ankunft 16. September`

Jan entglitten die Stäbchen, fast hätte er sich auch noch verschluckt. Sein Vater war seit gestern auf See. Auf solche Reisen begibt man sich normalerweise nicht spontan, allein wegen der Vorfreude. Wenn Michael diese Kreuzfahrt tatsächlich lange vorher gebucht haben sollte, wäre das der Zufall des Jahrhunderts, also so gut wie ausgeschlossen. Für vierzehn Tage nähme man auch nicht seine gesamte Habe mit. Dafür kündigte man auch nicht seine Wohnung.

‚Nein, Väterchen Flucht musste sich gestern Nachmittag entschlossen haben, abzuhauen. Ob ihn der Anruf des Portiers misstrauisch gemacht hatte? Das hieße ja, ich selbst habe ihn vertrieben.' Jan bedrückte ein Anflug von Mitleid. So viele Jahre hatte der Groll auf seinen Vater sein Herz versteinert und die Seele verbittert. Jetzt keimte ein unbekanntes Pflänzchen namens Bedauern in ihm. ‚Was für ein Leben! Erst gab er die Forschung bei Pharmelli auf und tarnte seine private Forschung mit einem Ärztelabor. Dann verlor er seine Frau und schob seinen Sohn ab. Jahrelang tauchte er in einer fremden Stadt unter. Dafür tauschte er sein Labor gegen eine verstaubte Ostzonen-Apotheke. Jetzt wollte er wahrscheinlich in Amsterdam seinen Lebensabend einläuten. Doch er flüchtete erneut. Wovor eigentlich? Vor seinem eigenen Sohn? Andererseits konnte Michael kaum wissen, dass ich hier bin.'

Jan hoffte, dass es andere Gründe gab und Rosa Rodriguez ihm
heute Nachmittag helfen würde. Bis dahin las er in Papas Aufzeichnungen weiter:

,Oktober 1987
Petra hatte ihren Widerstand gegen meinen
Selbstversuch mit dem AKW zum Glück bald aufgegeben. Sie gestand mir, dass sie seit einiger
Zeit damit gerechnet habe und froh sei, dass ich
es mit ihr offen besprochen habe. Wir diskutierten ausgiebig, wie ich mir den AKW am ungefähr-
lichsten verabreichen sollte.

1. in Wasser gelöst in den Magen
2. als Creme auf die Haut
3. als Rauch in die Lunge
4. als Staub in die Nase
5. als Serum ins Blut gespritzt

Petra favorisiert die Koksermethode über die
Nasenschleimhäute. Sie hält die Fixermethode
direkt ins Blut für zu riskant. Allerdings liegen mir nur für diesen Weg exakte Ergebnisse
durch die Rattenversuche vor.

Ich habe Petra nicht gestanden, dass ich mich
noch nie mit diesen Fragen beschäftigt habe. Für
Menschenversuche gab es bei Pharmelli Experten.
Ich muss die Fachliteratur durchforschen, um die
Vor- und Nachteile der Alternativen besser
beurteilen zu können. Vor allem brauche ich den

Umrechnungsfaktor der Dosierung von Ratten auf Menschen. '

Jan brach kopfschüttelnd die Lektüre ab. Er verstand seinen Vater immer weniger. Einerseits wollte er einen lebensgefährlichen Selbstversuch wagen und andererseits fürchtete er etwas so sehr, dass er sich seit zwei Jahrzehnten versteckte und jetzt wieder floh. Als ob es sich um zwei verschiedene Personen handelte.

29.

In seiner Ungeduld traf Jan bereits um 14:45 in der Sprachenschule ein. Er schnaufte die Treppe in den vierten Stock hoch und suchte die Tür mit der Nummer ,41'. In dem Augenblick, als er klopfen wollte, hörte er von drinnen eine Stimme, tief und ratternd wie ein Maschinengewehr, kaum als Frauenstimme erkennbar. Jan hielt inne und setzte sich auf die Wartebank, die den Flur beengte. Hinter den geschlossenen Türen murmelte es. Um 14:50 schlug ein Gong an. Dieser leicht nachhallende Einzelton belebte die Geräuschkulisse. Um 14:55 ertönte der Gong mit Doppelschlag. Sekunden später öffneten sich die Türen. Personen jedes Alters verließen die Zimmer. Ein allgemeines Gebrabbel in verschiedenen Sprachen erfüllte den Flur und das Treppenhaus. Aus ,41' kam ein junger Spund im grauen Business-Anzug mit rotblau gestreifter Krawatte und Aktenkoffer. Jan betrat ,41'. Es roch nach verbrauchter Luft. Eine schwarzhaarige Frau im hellbraunen Salopppulli und dunkelbrauner Stretchhose stand mit dem Rücken zur Tür und öffnete das Fenster. Eine Glitzerklammer bändigte ihr krauses Haar.
Jan fragte: »Rosa Rodriguez?«

Die von hinten Alterslose drehte sich um, eine gut erhaltene Fünfzig-Jährige. Ihr Gesicht zuckte einen halben Wimpernschlag. Fast zu kurz, um es zu bemerken. Doch Jan war sich ganz sicher. Er wusste es nur nicht zu deuten. Hatte er sie erschreckt, weil sie ihn nicht hatte kommen hören? Oder hatte sie jemand anderes erwartet?

Sie antwortete wahrscheinlich unbewusst automatisch: »Si, soy yo.« (Ja, das bin ich.)

Für Jan klang es Spanisch.

»Dann bist du Jan?«, fragte Rosa auf Englisch, was Jan auf Englisch bestätigte. Sie setzten sich gegenüber an den Holztisch. Ihr aufgeklappter Kleincomputer belegte fast die halbe Tischplatte. Zusammen mit den beiden Holzstühlen war die Kammer ziemlich übermöbliert. Der Gong schlug drei Mal an. Jetzt begann die Vorstellung. Jans Uhr zeigte 15:00 Uhr an.

Rosa strahlte Jan an und blieb im Englischen mit unenglischer Aussprache: »Komischerweise steht in meinem Stundenplan nicht, welche Sprache ich unterrichten soll.«

»Was könnte ich denn wählen?«

Ihre großen dunklen Augen blickten ihn streng an: »So läuft das nicht. Quizstunden bieten wir hier nicht an.«

»Deshalb bin ich aber hier. Sekretärin Silberblick machte mir Hoffnung, dass du einiges über Dr. Michael Wolewski weißt.«

Rosa schaute Jan fragend an.

Jan ließ sich nicht beirren: »Zum Beispiel, wo sich Dr. Michael Wolewski jetzt aufhält.«

»Wer ist denn Dr. Michael Wolewski?«

Jan zog das Foto der Radarfalle aus der Innentasche seines Jacketts, glättete es und hielt es Rosa vor die Nase.

Rosa schluckte: »Ach so, du meinst Mike. Bist du von der Polizei?«

»Mike, ich musste ihn Michael nennen, ist mein Vater. Wie oft hast du ihn unterrichtet?«

»Seit einigen Monaten jeden Tag von 15 bis 16 Uhr.«

»Ach, dann bin ich jetzt sein Ersatz.«

»Da du mir ja nicht verrätst, welche Sprache du lernen willst, wird es wahrscheinlich keine gemeinsame Zukunft geben.«

»Bis gestern wohnte Michael in der Anjeliersstraat 10. Wo ist er jetzt?«

»Ich wusste nicht einmal, dass er dort wohnte. Wie soll ich wissen, wo er jetzt ist?«

Jan fiel auf, dass sie nicht sagte, ‚wo er jetzt wohnt‘. Sie wusste also vermutlich, dass er nicht nur umgezogen war. Jan spürte, dass sie etwas verschwieg. Deshalb knallte er den Katalog für die Kreuzfahrten auf den Tisch und schlug die Seite 12 auf: »Über seine Seereise habt ihr doch gewiss gesprochen.«

Rosa nickte und strich versonnen über die Blauhimmelfotos des Katalogs. Im Stillen fragte sie sich, wie viele Wochen oder Monate der Fotograf auf diese Schönwettermomente gewartet hatte.

Jan wunderte sich, dass Rosa die Kreuzfahrt bestätigte. Wenn das wahr gewesen wäre, hätte sie es nicht gewusst oder gelogen. So würde er mit Rosa nicht weiterkommen. Er entschloss sich, es mit der Wahrheit zu versuchen: »Rosa, ich brauche deine Hilfe. Ich vermisse meinen Vater seit fast zwanzig Jahren. Gestern erfuhr ich seine Adresse. Ich wollte ihn dort um 17 Uhr treffen. Von 15 bis 16 Uhr war er noch bei dir. Was ist danach passiert?«

Ihre schwarz umrandeten Augen erforschten sein Gesicht. Sie seufzte: »Weißt du eigentlich, wie sehr ihr euch ähnelt? Mir fiel das sofort auf.«

»Hat mein Vater erwähnt, dass ich zu ihm kommen wollte?«

Rosa atmete tief ein und aus. Ihre Hände kneteten sich. Dann überwand sie sich: »Ich glaube nicht. Es sei denn, er hätte Gründe, sich vor dir zu fürchten. So verängstigt habe ich ihn jedenfalls vorher nie erlebt. Er war zwar immer ernst, aber nie bange.«

»Hat er dir wenigstens angedeutet, wovor er sich fürchtet?«

Rosa überlegte lange. Dann erzählte sie:»Es waren vermutlich die Anrufe. Mike erwähnte nur, dass er dreimal angerufen worden sei. Als Erstes meldete ein Gebrauchtwagenhändler, dass ein Interessent seinen Wagen kaufen wolle. Sie einigten sich auf einen Preis. Der Zweite wollte seine Adresse wissen, um das Geld für den Wagen vorbeizubringen. Einige Zeit später teilte ihm der Autohändler mit, dass der Interessent nicht mit dem Geld gekommen sei. Von dem zweiten Telefonat wusste der Höker nichts. Die Frage wäre ja auch gar nicht nötig gewesen, weil sie ja seine Adresse kennen. Das hatte Mike so verschreckt, dass er seine Sachen packte und sie mit hierher nahm. Von hier ist er dann gleich auf das Kreuzfahrtschiff gegangen.« Ihr Blick trübte sich. Sie sackte in sich zusammen und schwieg.

Jan wunderte sich über ihren Stimmungsumschwung. Er bezweifelte, dass sie noch mehr preisgeben würde, falls sie überhaupt mehr wusste. Seine Augen schweiften durch die Kammer. Hinter Rosa hing eine weiße Wandtafel für Filzschreiber. Hinter ihm zierte eine bunte Weltkarte die Wand. Aus dem gardinenlosen Fensterchen war im Sitzen ein Fetzen des Leichentuchhimmels zu erkennen. Schließlich blieb sein Blick auf dem tiefdunkelroten Kleincomputer mit seitlichen Chromstreifen kleben. Um das Schweigen zu brechen, erkundigte er sich:»Habt ihr hier Zugang zum Internet?«

Seine sachliche Frage riss sie aus ihrer Melancholie zurück in das Klassenzimmer. Rosa lächelte fast dankbar. »Ja, wir haben ein internes Netzwerk und Zugang zum Internet.«

»Darf ich mal kurz etwas googeln?«

Sie dreht die Tastatur zu Jan:»Aber keine Konkurrenzangebote oder andere Unanständigkeiten.«

Jans Finger klapperten im Sauseschritt über die Tastatur. Dann verharrten sie. Konzentriert wanderten seine Augen Zeile für Zeile nach unten. Es klickte nur noch wenige Male mit kurzen Pausen dazwischen. Jan zückte sein Notizbuch und schrieb etwas vom Bildschirm ab. Er lehnte sich zurück und grinste Rosa an: »Du hast ganz vergessen, mir von Cádiz zu erzählen. Gestern habt ihr dort in `www:fotocasa.es` nach möblierten Apartments gesucht. Das letzte liegt am Paseo Maritimo und kostet 800 Euro pro Monat. Die Adresse klingt gut. Erzähl doch mal!«

Rosa erbleichte, soweit ihr dunkler Teint das zuließ. Ihre Augenlider senkten sich zum schweren Katholikenblick. Sie presste ihre Lippen, als ob sie befürchtete, etwas könnte ungewollt entweichen. Dadurch wurde ihr Atem nur auf die Nase kanalisiert. Jan hörte in der lastenden Stille, wie tief sie Luft einsaugte und wie zittrig sie sie ausblies. Er ließ sie bewusst noch schmoren, bevor er nachhakte: »Fangen wir mal ganz einfach mit der Geografie an. Wo liegt Cádiz eigentlich genau?«

Wie an Marionettenfäden gezogen trat Rosa vor die Weltkarte. Bis Jan neben ihr stand, ruhte ihr Zeigefinger auf den Südzipfel von Spanien westlich von Gibraltar.

»Weiter weg geht es auf dem europäischen Kontinent ja auch nicht«, entfuhr es Jan.

Rosa hatte sich inzwischen wieder gefasst: »Bevor du hier wieder mit deinem Quiz fortfährst, verrätst du mir, wie du auf Cádiz gekommen bist.«

Jan lächelte: »Der Windows Internet Explorer speichert das wochenlang.«

»Zeig mal.«

Jan drehte den Computer in ihre Sitzposition und beobachtete sie beim Lesen. Plötzlich weiteten sich ihre Augen. Sie stammelte: »Kann man das löschen?«

»Klar. Das wissen aber nur wenige. So, und nun erzählst du mir die ganze Geschichte, gerne von Anfang an, aber bitte nur die wahre Version.«

Sie seufzte mehrmals: »Vorher musst du aber hoch und heilig schwören, dass du Mike bestätigst, falls es je dazu kommen sollte, dass ich ihn nicht verraten habe. Auf Cádiz bist du selbst gekommen, weil er seine Wohnungssuche nicht gelöscht hat.«

Jan nickte: »Das verspreche ich dir.«

Rosa holte tief Luft und begann: »Vor gut einem halben Jahr kam dein Vater in diese Schule. Vormittags lernte er zwei Stunden Niederländisch in der Anfängergruppe. Nachmittags brachte ich ihm Spanisch im Einzelunterricht bei. Komischerweise durfte keiner wissen, dass er zusätzlich Spanisch belegte. Offiziell gab ich ihm auch Unterricht in Niederländisch. Noch komischer war allerdings, wie schnell er beide Sprachen angeblich ohne jegliche Vorkenntnisse erlernte. Ich habe das noch nie erlebt. Kindern fällt das in einem bestimmten Alter auch leicht. Aber das ist nur Kopieren. Dein Vater verstand aber auch die Grammatik, speicherte ungewöhnlich viele Vokabeln und beherrschte in Rekordzeit die üblichen Redewendungen.«

»Hast du eine Erklärung dafür?«

»Ich habe einige Streber erlebt, die zu Hause wie blöd büffelten. Die kamen natürlich schneller voran als der Durchschnitt. Aber bei deinem Vater war das anders. Hatte er vorher in Deutschland mit diesen Sprachen zu tun?«

»Nicht dass ich wüsste. Hat er dir erklärt, wozu er in Amsterdam Spanisch lernte?«

»Das habe ich ihn auch einige Male gefragt. Doch er hat mir nie seine wahren Gründe verraten.« Rosa fuhr verlegen fort: »Ich sei seine tägliche Augenweide, scherzte er. Er konnte so charmant sein.«

»Ich kann ihm da nur recht geben.«

Rosas Augen warfen seitlich Fältchen. Ihre Mundwinkel strebten zu den errötenden Wangen. Doch gleich darauf erschlaffte ihr Gesicht. Die Augen senkten sich betrübt: »Bis vorgestern lief alles prächtig. Ich freute mich jeden Tag auf diese Stunde mit Mike. Gestern kam er dann mit schwerem Gepäck. Er benutzte diesen Computer, um sich eine möblierte Wohnung zu suchen. Er bat mich, mit meinem Handy beim Vermieter anzurufen. Ich musste ihm versprechen, keinem etwas von Cádiz zu verraten und, falls ich gefragt werden sollte, etwas von einer Ostseekreuzfahrt nach St. Petersburg zu erzählen.« Rosa hielt matt inne, sammelte Kraft und fuhr fort: »Du glaubst nicht, wie schwer mir das alles fiel. Es ist ein gewaltiger Unterschied, irgendeinem Schüler einen Gefallen zu tun, oder dem heimlich Geliebten beim Verschwinden auf Nimmerwiedersehen zu helfen.« Ihre Stimme brach und endete im leisen Schluchzen. Sie zitterte und wandte sich ab. Jan sah noch, wie Tränen aus den Augen rannen. Sie zogen eine schwärzliche Spur hinter sich her.

Schuldgefühl würgte Jan. Er hatte nicht nur seinen Vater vertrieben, sondern auch Rosas Schwarm. Damit hatte er ihren süßen Traum zerstört. Die Erkenntnis schmerzte. Stockend murmelte er: »Was habe ich nur angerichtet! Das wollte ich nicht. Ich wollte nur mal meinen Vater treffen.«

Rosa schaute ihn verbittert an: »Das ist dir aber gründlich misslungen.« Sie merkte, wie Jan litt, und tröstete ihn: »Ich glaube nicht, dass er vor dir geflohen ist. Mit dir hat er wahrscheinlich überhaupt nicht gerechnet. Er hat dich jedenfalls nicht erwähnt.«

Jan schnaubte matt: »Auf jeden Fall wohnt er jetzt nicht mehr in Amsterdam. Du hast einen Stammkunden verloren. Und deine geheime Liebe endet unerfüllt in Verzweiflung. Wir werden ihn wohl nie wieder sehen.«

»Immerhin kennen wir seine neue Adresse.«

»Die ist allerdings dreitausend Kilometer entfernt von hier.«

Rosa lachte trotzig auf: »Das sind nur knapp vier Flugstunden.«

Jan stutzte: »Das stimmt überhaupt. Wir besuchen ihn in Cádiz. Das ist zwar am Ende der Welt. Aber dafür kann er uns von dort nicht entkommen.«

»Von dort segelte Christoph Columbus nach Amerika.«

»Das musste er aber jahrelang vorbereiten. Für wie lange hat Michael denn die Wohnung gemietet?«

»Mindestens bis zum Ende des Jahres.«

»Ach so, dann können wir ja gemütlich nächste Woche fliegen.«

Rosa blinzelte ihn an: »Ich würde gerne mitkommen, kann hier aber diesen Monat nicht weg. Sonst bin ich meinen Job los.«

Das erinnerte Jan an das genervte Gesicht seines Chefs, als er ihn am Montag um ungeplanten Urlaub für den Rest der Woche gebeten hatte. Ihn jetzt auch noch zu verlängern, wäre eine riskante Zumutung. Sein Jagdfieber kühlte ab. Ab Montag musste er unbedingt wieder als fleißiger und zuverlässiger Jungingenieur glänzen.

Er fragte: »Mit wem hatte mein Vater hier sonst noch Kontakt?«

Rosa schüttelte mit niedergeschlagenen Augen ihr verheultes Gesicht: »Er hat nie jemand erwähnt. Freundschaftliche Kontakte zu Fremden in der Fremde gibt es heutzutage nicht mehr. Selbst wenn es mal so scheint, steckt da in Wahrheit meist ein Geschäft dahinter. Sogar bei uns.«

Der Gong schlug an. Sie tauschten ihre Telefonnummern und Adressen aus. Rosa versprach, sich vom Vermieter in Cádiz Michaels neue Telefonnummer geben zu lassen und sich auf jeden Fall bei Jan wieder zu melden. Jan reichte ihr die Hand zum Abschied. Rosa zog ihn an sich, um sich mit beidseitigen Wangenküssen zu verabschieden. In ihrer Heimat war das Tradition, hier war es Mode. Jan verließ die Sprachenschule mit Rosas Tränennässe auf den Wangen.

Auf dem Weg zurück zum Hotel dämmerte es bereits. Es nieselte wieder oder immer noch. Sollte er jetzt noch fünf Stunden auf die Autobahn? Vor 22 Uhr würde er gewiss nicht in Hamburg eintreffen. Jan entschied sich, erst morgen zurückzufahren. Das Hotel müsste er sowieso für diese Nacht bezahlen.

30.

Kurz nach 18 Uhr rief Tina bei Jan an. Da der Verbindungsaufbau länger als üblich dauerte, befürchtete sie, dass sich nur sein Anrufbeantworter einschalten würde. Doch dann meldete sich Jan persönlich. Selig haspelte sie: »Der Vertrag ist gekommen. Am Samstag habe ich vier Besichtigungstermine in Hamburg.«

»Oh toll. Darf ich dich begleiten?«

»Hast du Zeit für eine obdachlose Berlinerin? Du hast doch samstags sicher anderes zu erledigen.«

»Was sind weltliche Nichtigkeiten gegen das himmlische Vergnügen deiner Gesellschaft.«

Keck fasste Tina nach: »Und was hält deine Liebste davon, wenn du wieder fast den ganzen Tag mit ´ner Berliner Göre verbringst?«

»Wenn es eine gäbe, käme sie natürlich mit. Warum kommt denn dein Galan nicht mit?«

»Der Nesthocker freut sich schon auf meine Abschiedsparty.«

»Nimmst du wieder den ICE bis Altona?«

»Ja, im Bahner-Deutsch ‚an Hamburg 9:12‘.«

»Ich freue mich. Ich bin übrigens in Amsterdam.«

»Was, das sagst du erst jetzt! Erzähl doch mal.«

»Ich habe meinen Vater hier aufgespürt.«

»Glückwunsch, habt ihr euch gut verstanden?«

»Er ist leider im letzten Augenblick verduftet.« Jan seufzte: »Ich glaube, ich habe ihn vertrieben. Ich hätte ihn nicht überraschen sollen. Dann wäre er vielleicht nicht abgehauen. Er tut mir inzwischen leid. Tatsächlich weiß ich viel zu wenig über ihn, um mir eine Meinung zu bilden.«

»Jan, ich freue mich auf Samstag.« Tina legte auf und gab Jan ein Doppelplus auf seinem Sympathiekonto.

31.

Nach dem Abendessen legte sich Jan auf das Hotelbett und las in den Aufzeichnungen seines Vaters:

, Januar 1988
Im Labor werde ich nur selten gebraucht. Deshalb konnte ich die letzten drei Monate viel Zeit in der Uni-Bibliothek verbringen. Dabei ist mir ein Student aufgefallen, der sich für meine Literaturauswahl interessierte. Anfangs hielt ich es für Zufall. Wenn ich mal ein Buch vom Vortag noch einmal ausleihen wollte, las er ausgerechnet das Buch. Erst beim dritten Mal bemerkte ich, dass es der gleiche Bursche war. Ich wollte indes keine Zeit mit Nachforschungen in diese Richtung verlieren. Es erinnerte mich an die Anfangsphase des Labors. Ob mich Pharmelli nach eineinhalb Jahren immer noch überwacht? Petra habe ich davon nichts erzählt. Vielleicht häuften sich ja auch nur viele Zufälle.

Ich habe alles, was ich finden konnte, über die Erprobung neuer Medikamente bei Menschen gelesen. Das hat mich bestärkt, den AKW zu injizieren. Nur so ist die Dosierung exakt einstellbar. Wobei Petra natürlich recht hat, dass diese Präzision wenig nützt, wenn man nicht weiß, welche Dosierung richtig ist. Es existiert nämlich leider kein allgemeingültiger Algorithmus für die Umrechnung der Dosierung von Ratten auf Menschen. Die Bandbreite der Umrechnungsfaktoren ist in der Fachliteratur sogar beängstigend groß. Einer der Gründe, weshalb die Entwicklung neuer Medikamente so lange dauert.

Die genauen Details meines Selbstversuchs werde ich wie bisher in Visicalc registrieren. Ich bin hin und her gerissen zwischen freudiger Erwartung und Todesangst. Am meisten befürchte ich allerdings, dass mein Verstand leiden könnte. Womöglich werde ich zum erinnerungslosen Idioten. Petra weiß, dass sie mich nicht abhalten kann. Sie weist aber immer wieder daraufhin, dass sie froh wäre, wenn ich es ließe. Bei mir wirkt allein die Aussicht auf Erkenntnissteigerung wie eine Droge, von der ich nicht lassen kann.

Februar 1988
Vor sechs Wochen habe ich mir den AKW injiziert. Die wissenschaftlichen Details und täglichen

Observationen sind in den Visicalc Tabellen erfasst. Da dort nur objektiv messbare Ergebnisse aufgeführt werden, drängt es mich, hier meine subjektiven Beobachtungen niederzuschreiben. Um dabei spontane Fehleinschätzungen zu vermeiden, habe ich mich sechs Wochen zurückgehalten:

Die Kopfschmerzen kurz nach der Injektion waren die stärksten, die ich je erlebt hatte. Normalerweise hätte ich eine Aspirin-Tablette genommen. Ob das gelindert hätte, weiß ich nicht. Ich habe sie nicht genommen, um die Ergebnisse nicht zu verfälschen. Nachts befürchtete ich, dass ich vor Schmerzen nicht einschlafen könnte. Ich bin dann aber doch irgendwann eingeduselt. Nächsten Morgen war ich schmerzfrei.

Die Veränderungen, die ich durch den AKW feststellte, sind mit nichts mir Bekannten vergleichbar. Wobei ich nur die Wirkung von Alkohol auf mein Bewusstsein kenne. Wie sich andere Drogen auf das Bewusstsein auswirken, habe ich nie persönlich erlebt. Wenn ich also AKW mit Alkohol vergleiche, dann kann ich nur sagen, dass der AKW das Gegenteil bewirkt. Wobei der Vergleich sowieso unsinnig ist, weil der AKW eine bislang dauerhafte Veränderung hervorruft. Sie trat nicht so sensationell ein, als ob man im dunklen Keller das Licht einschaltet. Ich gebe zu, dass ich etwas in dieser Art erwartet oder erhofft hatte. Erst im Laufe der nächsten Tage wurde mir nach und nach bewusst, was sich geändert hatte, und zwar gleich nach den Kopfschmerzen. Anfangs achtete ich natürlich auf alles so sehr, dass ich befürchtete, mir etwas einzubilden. Doch nach einer Woche stand für mich fest:

Ich beobachte mit schärferem und breiterem Blick, höre feinere Zwischentöne, rieche und schmecke nuancenreicher und taste feinfühliger. Diese Sensibilisierung der Sinneseindrücke dürfte kein Deut stärker sein, sonst würde es wahrscheinlich zur Belastung, wenn nicht sogar schmerzhaft. Wichtiger für mich ist jedoch, dass ich den Eindruck habe, schneller denken zu können. Im Nachhinein lässt sich das leider nicht messtechnisch belegen. Aber ich bin überzeugt, vorher deutlich langsamer gewesen zu sein. Angesichts der zusätzlichen Sinneswahrnehmungen ist die erhöhte Verarbeitungsgeschwindigkeit wahrscheinlich auch notwendig. Jedenfalls ziehe ich schneller Schlüsse. Ich wäge emotionsloser Vor- und Nachteile ab. Ich kann viel schneller viel mehr Alternativen durchdenken. Dabei werden automatisch die nur formal oder theoretisch existierenden Alternativen ausgeschlossen. Die dadurch gewonnene Zeit steht dann ganz neuen Alternativen (Ideen) zur Verfügung. Ich bin begeistert, wie sich mein Denk- und Urteilsvermögen verbessert hat.

Auch nach einem Monat hat sich daran nichts geändert. Aber es gibt ja bekanntlich kein Licht ohne Schatten. Bei mir zeigt sich der Schatten in ängstlicher Besorgtheit. Früher fiel es mir viel leichter, negative Konsequenzen auszublenden. Petra meint, das sei nicht unbedingt ein Nachteil. Vielleicht hat sie recht. Ich bereue den Selbstversuch jedenfalls nicht.

Inzwischen sind also sechs Wochen vergangen. Ich habe mich an die intensiveren Sinneswahrnehmungen gewöhnt, freue mich über das schnellere Denken, bemühe mich, mit meiner gesteigerten Besorgtheit zu leben, und genieße eine neue Fähigkeit, die mir erst vor wenigen Tagen aufgefallen ist. Ich lerne viel schneller und leichter. Die Menge an Fakten, die ich mir einprägen kann, hätte ich vorher nicht für möglich gehalten. Da mir keine ‚vorher Werte‘ vorliegen, kann ich das jedoch nicht wissenschaftlich fundiert belegen.

Petra hat sich von meiner Begeisterung anstecken lassen. Jetzt will sie auch den AKW nehmen. Ich habe ihr nicht dazu geraten. Meinetwegen soll sie gerne so bleiben, wie sie ist. Ich kann es ihr aber nicht vorenthalten, da sie es mir ja auch erlaubt hatte. Dass es bei mir bislang keine Schäden gab, schließt nicht aus, dass bei ihr welche auftreten können.

Es gibt noch zwei bedenkenswerte Aspekte, die ich allerdings mit Petra nicht besprochen habe:

1. Die durch den AKW erlangte Steigerung der geistigen Fähigkeiten könnte dazu führen, sich überheblich gegenüber anderen zu verhalten. Diese Torheit hatten mir meine Eltern bereits auf dem Gymnasium ausgetrieben. Petra neigt zum Glück auch nicht dazu, ihre geistige Überlegenheit, andere spüren zu lassen. Mit dem AKW im Kopf könnte das anderenfalls böse enden.

2. Nur wenn Petra sich auch mit dem AKW behandelt, können zwei Wissende beraten, wie es damit weitergehen soll. Mir graust davor, die Entscheidung über die Zukunft des AKWs alleine treffen zu müssen. '

Jans Gedanken schweiften ab. Kopfschüttelnd fragte er sich, ob sich sein Vater nicht mehr vor dem Risiko hätte grausen müssen, seiner geliebten Frau den AKW zu verabreichen. Was fürchtete Michael im Zusammenhang mit der Zukunft des AKWs? Müde packte Jan den Ausdruck in seine Reisetasche und schaltete das Licht aus. Morgen, am Freitag, wollte er nach Hause zurück. ‚Ob ich vor dem Dunkelwerden eintreffen werde? Es wird jeden Tag früher schummrig. Ich sollte auch noch Essen einkaufen, Wäsche waschen und die Wohnung säubern. Samstag bleibt dafür wenig Zeit.' Mit wohliger Vorfreude auf Tina schlief er ein.

Im Traum verfolgte er ein dunkles Wesen durch eine enge Schlucht. Um es einzuholen, beschleunigte Jan sein Gehen über Traben in

Wetzen. So sehr er sich auch anstrengte, der Abstand verringerte sich kaum. Jan wunderte sich, weil er den Eindruck hatte, dass der Flüchtling viel korpulenter war als er selbst. Jetzt bog er nach links ab. Dabei erkannte Jan den Grund. Der Flinke rannte auf drei Beinen. Schnaufend verlangsamte er seine Verfolgung. Er fühlte sich betrogen. Wie soll man als Zweibeiner einen Dreibeiner einholen können? Eine Frau, nur mit einer Schürze bekleidet, stieß ihm etwas in den Rücken und stachelte ihn mit Gesten und Mimik an, weiter zu rennen. Da er jetzt wusste, dass er es mit einem Dreibeinigen aufzunehmen hatte, spurtete Jan los, als ob es galt, den 100 Meter Rekord zu brechen. Er holte deutlich auf. Er verkürzte den Abstand auf drei, vier Meter. Da platschten schwarze Tropfen auf den Boden. Das Pflaster wurde glitschig. Überrascht schaute Jan nach oben. Über ihnen schwebte etwas Dunkles, so groß, dass es den Himmel verdunkelte. Er rutschte aus. Atemlos erwachte Jan, drehte sich auf die andere Seite und schlief traumlos weiter.

Am Freitag fuhr Jan die südliche Route von Amsterdam nach Hamburg zurück. Dieses stundenlange Fahren auf Autobahnen langweilte Jan. Er war stets froh, wenn er nicht einschlief. Die einzige interessante Abwechslung war die Autobahnraststätte bei Osnabrück, die als Brücke über die A1 errichtet war. Hier pausierte er zum Mittagessen. Nach dem Essen entdeckte er auf seinem Handy eine Hamburger Nummer, die ihm nicht geläufig war. Jan drückte die Rückruftaste. Es meldete sich Herr Nadler, der Makler für Opas Häuschen: »Von den zahlreichen Interessenten, denen wir das Haus gezeigt haben, hat jetzt einer ein Gebot abgegeben. Es liegt zwar deutlich unter Ihrer Preisvorstellung, ist aber immerhin ein Fortschritt.«

»Kommt auf den Betrag an.« Jan fragte sich, warum der Schwätzer nicht einfach das Gebot bezifferte.

116

»Ich will Sie nur vorwarnen, damit Sie mir nicht böse sind.«

Jan schwieg ganz bewusst. Vielleicht beschleunigte das die Preisver-kündung.

»Sie wissen, die Weltwirtschaftskrise zwingt uns alle zur Vorsicht. Das macht auch vor Ihrem Einfamilienhaus in Hamburg-Lurup nicht halt. Also, um es kurz zu machen. Der Interessent stellt sich einen Preis von 237.000 Euro vor.«

Jan musste schlucken und vergewisserte sich: »Reden wir jetzt über das Haus meines Opas, das Sie für 297.000 Euro vermakeln sollen?«

»Ich verstehe Ihre Überraschung durchaus. Leider sind diese deut-lich niedrigeren Gegengebote heute durchaus nicht selten.«

»Vor wenigen Wochen waren wir uns einig, dass die 297.000 ein attraktives Angebot sind.«

»Das stimmt. Deshalb rief unsere Werbung ja auch so reges Inte-resse hervor.«

»Wie wird die Differenz, wir reden immerhin von 60.000 Euro, begründet?«

»Nun, einige Bauunternehmer bieten zurzeit in der Gegend Neubau-ten für 260.000 Euro an. Ein Jahrzehnte älteres Objekt müsste dann eigentlich günstiger sein.«

»Das war bereits bekannt, als wir die 297.000 festlegten.«

»Nun, wir waren uns einig, dass im Ausgangspreis noch Luft für Verhandlungsspielraum sein muss. Das Problem ist eigentlich, dass der endgültige Preis für diese Neubauten deutlich über 300.000 lie-gen wird. In der 260.000 Version will keiner wohnen. Das sieht nur erst mal ganz günstig aus. Das haben die Bauunternehmer vermut-lich den deutschen Autobauern abgeguckt. Da kostet ein kleiner Mercedes in der Liste auch nur 19.000 Euro aber fast 30.000, bis er vor der Tür steht.«

Jan fragte sich, wie bei den Airbussen geschachert wird, wahrscheinlich ähnlich nur in Millionenschritten. »Am Sonntag besuche ich meinen Opa und rufe Sie am Montag an.«

»Es wäre gut, wenn ich mich am Montag bei dem Interessenten wieder melden könnte.«

»Es gibt übrigens noch ein anderes Projekt. Eine Bekannte aus Berlin sucht dringend eine Wohnung in Hamburg. Das Angebot im Internet ist riesig, nur mangelt es den Wohnungen an Charme.«

»Können Sie mir Näheres über Ihre Bekannte sagen?«

»Warum ist das wichtig?«

»Ich habe da eine charmante Wohnung an der Hand, aber der Eigentümer will nicht, dass ich die Wohnung öffentlich anbiete. Ich muss ihn immer vorher fragen, ob ihm der Interessent genehm ist.«

»Am besten sollte sie ihre Bewerbungsunterlagen bei ihm einreichen.«

»So ungefähr.«

»Na, für eine Ärzteposition an der Eppendorfer Universitätsklinik genügten ihre Zeugnisse.«

»Da wäre ja die Wohnung in Winterhude ideal gelegen. Wissen Sie etwas über den familiären Hintergrund Ihrer Bekannten? Ich nehme an, sie ist in Ihrem Alter, alleinstehend und kinderlos.«

»Richtig geraten. Ihr Vater betreibt eine Apotheke in Berlin.«

»Ich werde mich mit dem Eigentümer abstimmen und mich wieder melden.«

»Was hat er denn eigentlich anzubieten?«

»Eine herrliche Souterrainwohnung mit Terrasse zum Garten, der an den Leinpfadkanal grenzt. Großes Wohnzimmer, normales Schlafzimmer, moderne Küche und schickes Bad. Bezugsfertig. Die genauen Quadratmeter und die Miete müsste ich nachsehen. Vorher brauche ich aber ohnehin die Zustimmung des Vermieters.«

»Dürfen Sie mir noch verraten, ob es auch eine Garage gibt?«

»Ein Platz in der Doppelgarage im Keller kann wahrscheinlich gemietet werden.«

»Morgen schaut sich meine Bekannte Wohnungen in Hamburg an. Meinen Sie, dass …?«

»Ich rufe Sie an, sobald der Eigentümer sich geäußert hat. Und das hängt vor allem davon ab, wann ich ihn erreiche.«

»Na da können wir ihm ja nur wünschen, dass er bald ans Telefon geht.«

Jan brauste weiter Richtung Hamburg. Drei Stunden öde Raserei erschien ihm der passende Ausklang seiner ergebnisarmen Städtetour. So kann man seine Urlaubstage auch verbraten, statt sich in der Sonne braten zu lassen, bedauerte er sich.

Bevor er bei seiner Wohnung in Hamburg-Altona eintraf, kaufte er noch Proviant und Reinigungschemikalien in seinem Lieblingssupermarkt, bei dem er im Keller parken konnte. Jan wollte seine Wohnung für Tina wenigstens einigermaßen herrichten. Er rechnete zwar nicht mit ihrem Hausbesuch. Aber falls es sich ergeben sollte, würde er sie lieber dazu ermuntern, als davon abbringen.

Abends räumte er seine Bude auf und reinigte sie. Dabei gluckerte die Waschmaschine in rätselhaften Intervallen vor sich hin. Als er alle Zimmer für präsentabel hielt, las er in Papas Aufzeichnungen weiter:

`‚Februar 1988`
`Da Petra als Biologin viele Jahre an der Uni mit`
`Rosendüften geforscht hatte, will sie unbedingt`
`den AKW als feines Pulver in eine duftende`
`Rosenblüte integrieren, um daran zu schnuppern.`

Ich weiß zu wenig über diese Zusammenhänge, um es zu beurteilen. Die Frage der exakten Dosierung ließe sich ohnehin nur durch einen großen Feldversuch zuverlässig bestimmen. Wenn ich die beiden Alternativen emotionell vergleiche, erscheint mir Petras Methode sehr weiblich und meine Injektion eher männlich. Hoffentlich wirkt der AKW bei Petra so gut wie bei mir. Ich dränge Petra nicht, es zu riskieren. Sie will es aber unbedingt, und wartet nur noch auf die geeignete Rosenblüte. Im Februar ist dafür in Hamburg vor allem Geduld gefragt. '

32.

Am Samstag rollte der Zug pünktlich in den Altonaer Kopfbahnhof. Tina spürte ein wohliges Kribbeln. Sie deutete es als gutes Omen für die Wohnungssuche. Bei den drei vorherigen Bahnfahrten nach Hamburg verunsicherte sie die Ungewissheit wegen der beiden Vorstellungstermine und das letzte Mal wegen des ersten Wiedersehens mit Jan. Doch heute fühlte sie sich deutlich sicherer. Die Beschreibungen der Wohnungen, die sie besichtigen wollte, entsprachen ihren Wünschen. Um ihr Glück zu vollenden, hatte sich Jan wieder angeboten, sie zu begleiten. Ihr Vater hatte Jan so madiggemacht, dass er eigentlich vor lauter Löchern durchsichtig sein müsste.

Jan stand am Ende des Bahnsteigs und winkte ihr zu. Es war etwas kühler als in Berlin. Jan trug einen dunkelblauen Blazer und eine graue Hose. Sein hellblaues Oberhemd hing modisch über dem Gürtel. Tina hatte sich für ein enges, bordeauxrotes Bolerojäckchen und eine beigefarbene Leinenhose entschieden. Sie begrüßten sich wieder südländisch mit Wangenküsschen. Dabei schien Tina, dass Jan sie mit beiden Händen an den Schultern einige Millisekunden länger hielt, als es der Anstand gebot.

Als Erstes fuhren sie nach Hamburg-Eimsbüttel. Noch bevor Tina das Ende der Treppe in den fünften Stock erreichte, erlahmte ihr Interesse an dieser Wohnung.

Jan schnaufte: »Hoffentlich findest du kräftige Haus- und Hoflieferanten, die dir deine Einkäufe hier hoch schleppen. Wahrscheinlich wird das Trinkgeld teurer, als wenn das Wohngeld Fahrstuhlkosten einschlösse.«

Tina nickte ernst und wunderte sich, dass ihr dieses Manko in der Internetbeschreibung nicht aufgefallen war. Nur aus Höflichkeit huschten sie durch die ansonsten passable Wohnung.

In der nächsten Wohnung fehlten Herd, Kühlschrank und Geschirrspülmaschine. Tina war sich sicher, dass ihr das bei den Fotos im Internet aufgefallen wäre. Der Makler gestand, dass die Bilder vor dem Auszug aufgenommen worden waren. Diese Geräte müsse der Mieter stellen. Das dämpfte Tinas Begeisterung wie der fehlende Aufzug.

Die nächste Adresse in Harvestehude überraschte Jan. Als sie vor dem imposanten Stadtpalast standen, fragte er: »Bist du sicher, dass die Miete in deinen Budgetrahmen passt?«

Tina kamen auch Zweifel: »Eigentlich habe ich die Angebote sehr sorgfältig geprüft.«

»An sich residieren hier nur Botschaften oder Selbstständige, denen die Adresse wichtiger ist als die Kosten.«

»Dann kläre ich das gleich als Erstes mit dem Vermieter.«

Der räumte dann auch ein, dass versehentlich nur die Miete ohne Nebenkosten und Garagenplatz gelistet wurde. Dadurch verdoppelte sich die tatsächliche Monatsbelastung. Aus reiner Neugier verzichteten sie aber nicht auf die Besichtigung und bemäkelten bei der Verabschiedung, dass ihnen der Verkehrslärm durch das Kopfsteinpflaster zu laut wäre.

Obwohl der nächste Besichtigungstermin erst in zwei Stunden stattfinden sollte, schlug Jan vor, schon mal in die Gegend zu fahren, weil dort viele Restaurants günstige Mittagsmenüs anboten.
»Wenn du Curry magst, empfehle ich meinen Lieblingsinder.«
»Klingt interessant«, stimmte Tina zu. Die heutigen Fehlschläge lagen ihr zwar etwas auf dem Magen, hatten aber nicht ihren Hunger vertrieben. Sie war froh, dass Jan sich über die Mängel mehr amüsierte als ärgerte. Vor einer roten Ampel schaute er ihr tief in die Augen. Tina versuchte zu lächeln. Das täuschte Jan aber nicht. Er tröstete sie: »Du glaubst nicht, was ich vor eineinhalb Jahren bei meiner Wohnungssuche für Reinfälle erlebt habe.«

Die Hochhaussiedlung, die sie jetzt erreichten, erinnerte Tina an die DDR-Plattenbauten. Jan suchte einen Parkplatz. Sie bedrückte die Vorstellung, hier zu wohnen. Egal wie viele günstige Restaurants zur Auswahl standen.

In der Currystube konnten sie aus einem unverständlichen Tagesmenü wählen. Aus dem Hindudialekt übersetzt hieß das für die Vorspeise Salat oder Curry-Suppe und für den Hauptgang Curry-Gemüse mit oder ohne Lamm. Kurz nachdem der Inder ihre Wahl der Küche mitgeteilt hatte, bimmelte Jans Handy. Er verdrehte entschuldigend die Augen und meldete sich.

Tina verstimmte es ein wenig, dass er es nicht wie sie ihres abgeschaltet hatte.

Jan fasste sich wenigstens sehr kurz. Dadurch wurde für Tina der halbe Dialog noch unverständlicher. Sie hörte nur: »Ja.«

»Wie hoch sind die Gesamtkosten im Monat?

»Einschließlich Garage?«

»Wann?«

»Geht es auch eine halbe Stunde später?«

»Na gut, wir kommen gleich.«

Beim Wegstecken des Handys stand er auf und eilte zum Inder an der Küchenklappe. Auf dem Rückweg strahlte er Tina an: »Es könnte sein, dass du gleich das ganz große Los ziehst. Eben rief mich ein Makler an. Der hat vom Vermieter das OK bekommen, dir eine Traumwohnung zeigen zu dürfen. Wir müssen allerdings sofort antanzen. Komm schnell. Der Inder freut sich auf unseren nächsten Besuch und wünscht dir viel Glück.«

Tina fühlte sich überrumpelt. Eigentlich wollte sie sich bei Jan nach seinen Erlebnissen in Amsterdam erkundigen. Aber jetzt riss sie Jans Begeisterung mit. Während der Fahrt erzählte Jan ihr, was er bislang wusste: »Herr Nadler, der Makler, der das Haus meines Opas verkaufen soll, ist beauftragt, eine Souterrainwohnung am Leinpfad zu vermieten. Da der Eigentümer selbst in dem Haus wohnt, darf der Makler die Wohnung nicht öffentlich anbieten. Der Hausbesitzer will immer erst wissen, wem die Wohnung gezeigt wird. So wie sie mir beschrieben wurde, müsste sie dir gut gefallen.«

»Wer ist denn der Eigentümer?«

»Keine Ahnung. Wahrscheinlich ein vorsichtiger Reicher.«

Tina schüttelte den Kopf: »Dass du diese Geschichte so für dich behalten konntest!«

»Es hätte ja sein können, dass er sich nicht meldet.«

»Wie weit ist es von dort zur Uniklinik?«

»Zur Not kannst du zu Fuß gehen. Mit dem Fahrrad bist du wahrscheinlich schneller da als mit dem Auto.«

»Und was ist das Besondere am Leimpfad?«

»Die Straße heißt komischerweise Leinpfad. Auf der einen Seite der ruhigen Straßen fließt die Alster. Auf der anderen stehen Prachtvillen, deren Gärten bis an den Leinpfadkanal reichen.«

»Klingt ja ziemlich privilegiert.«

»Deshalb will der Eigentümer vielleicht auch nicht, dass ihm Neidhammel den Garten zertrampeln. Auf jeden Fall hat er dich für würdig gehalten, uns mal schauen zu lassen.«

»Was hast du ihm denn von mir erzählt?«

Jan grinste: »Lange blonde Haare, playboy-taugliche Figur und ...«

»Ach du spinnst«, unterbrach ihn Tina glucksend. »Hoffentlich ist die Wohnung nicht zu teuer.«

»Keine Sorge, das habe ich bei der Adresse natürlich geklärt.«

Vor dem dreistöckigen Anwesen kamen Jan indes auch Bedenken. Bevor er den in Messing gefassten Klingelknopf an der Straßenpforte drückte, stürmte der Makler aus dem Hauseingang und begrüßte sie. Er führte sie nicht die Treppe zum Hauseingang hoch, sondern leitete sie zum Seiteneingang, der wenige Stufen tiefer lag. Sie gelangten in einen schmalen Flur mit drei Türen. Von dort kam man in eine kleine vollständig ausgestattete Küche, in ein kleines WC mit Duschbad und in ein geräumiges Zimmer mit Parkettfußboden. Von diesem Raum war eine Schlafkammer abgeteilt. In dem Wohnraum gab es eine zweiseitige Glastür zu einer kleinen gepflasterten Terrasse. Flur, Küche und Bad waren mit hellgrauem Marmor gefliest. Durch die deckennahen Fenster in den kleinen Gemächern bemerkte man, dass die Decke niedriger war, als heute üblich. Die gesamte Fläche war kleiner als die der anderen besichtigten Wohnungen, jedoch für eine Person völlig ausreichend. Jetzt wurde auch klar, warum die Gesamtkosten dieses Juwels bezahlbar waren.

Tina öffnete die rechte Hälfte der Terrassentür und trat nach draußen. Es regnete nicht mehr. Die großen Bäume tröpfelten noch. Am Ende des Gartens war Wasser zu sehen. Ein Entenpaar schipperte vorbei. Die Luft herbstete. Einige sesshafte Vögel zwitscherten. Tina atmete tief. Hier würde sie gerne einziehen. Sie strahlte Jan an. Er nickte und griente. Dann versachlichte er die Situation, indem er den Makler nach der Garage und Vertragsbedingungen fragte. Der Makler beantwortete alle Fragen, schaute ungeniert auf seine Armbanduhr und wandte sich an Tina: »Wenn Sie ernsthaft interessiert sind, hier alleine einige Jahre zu wohnen, würde der Eigentümer Sie gerne kurz kennenlernen. Er hat allerdings nur wenig Zeit.«
»Dann sollten wir uns beeilen«, drängte Tina.
Der Makler tippte auf seinem Handy herum, hielt es an das Ohr, lauschte und sprach: »Hallo Herr Sieveking, hier Nadler. Frau Dr. Teschke möchte die Wohnung gerne mieten.« Nach einer kurzen Pause fuhr er fort: »Ist gut, wir warten hier.«
Tina überraschte die Anrede ‚Frau Doktor‘. Sie hatte sich noch nicht daran gewöhnt. In drei Wochen würde sie ständig so angesprochen werden.

Zwei Minuten später schritt ein älterer Herr die Treppe von der Hochterrasse hinunter in den Garten und kam zur Terrassentür der Souterrainwohnung. Den Hals des Kahlköpfigen verdeckte ein rotblaues Seidentuch, die dunkelblaue Strickjacke beulte an den Ellenbogen und die graue Flanellhose war an den Knien blank. Der Makler übernahm die Vorstellung: »Herr Sieveking, Frau Dr. Teschke und Herr Wolewski.«

Der hagere Hausherr lächelte Tina an: »Wann wollen Sie einziehen?«

»Am 1. Oktober fange ich in der Uni-Klinik an. Das ist ein Donnerstag. Wäre es Ihnen recht, wenn ich am Montag vorher komme?«

»Ich schätze klare Antworten. Herr Nadler kümmert sich um den Mietvertrag. Das Wichtigste dürfen die Vertragsparteien in Deutschland heutzutage nicht in den Mietvertrag schreiben. Wir müssen deshalb mündlich vereinbaren, dass Sie in der kleinen Wohnung alleine wohnen, also keine Dauergäste, keine Kinder, keine Tiere.«

Er schaute Tina streng in die Augen. Tina war etwas verblüfft über seine direkte Art. »Ich verspreche Ihnen, dass ich ausziehen werde, wenn ich nicht mehr allein leben will. Das wird wahrscheinlich eines Tages der Fall sein. Ob und wann wird sich zeigen.«

Herr Sieveking streckte ihr seine rechte Hand entgegen: »Dann lassen Sie uns das per Handschlag besiegeln. Ich freue mich auf Ihren Einzug und verspreche Ihnen, mich stets rücksichtsvoll zu benehmen.«

Tina ergriff seine Hand: »Das verspreche ich Ihnen auch.«

»Akzeptieren Sie bitte noch den Rat eines Mannes, der aus Fehlern gelernt hat, damit Sie ähnliche Fehler vermeiden. Sie sollten, wenn es geht, als Adresse nur Winterhude nennen. Leinpfad oder gar bei Sieveking schadet mehr, als es nützt.«

»Danke für den Hinweis.«

»Ich muss mich leider verabschieden.« Scherzend fügte er hinzu: »Die Köchin versalzt die Suppe, wenn ich nicht pünktlich am Tisch sitze.«

Wieder im Auto erkundigte sich Tina: »Wer ist dieser Sieveking?«

»Wer *dieser* Sieveking ist, weiß ich nicht. Aber Sieveking ist in Hamburg ein berühmtes Hanseatengeschlecht. Das waren Kaufleute, Senatoren und Bürgermeister. Einige Straßen und Plätze sind nach ihnen benannt.«

»Dann wohne ich nicht nur in einer duften Wohnung mit nobler Adresse, sondern auch noch bei einem Prominenten. Was sollte eigentlich sein komischer Rat, es keinem zu erzählen?«

Jan griente: »Das ist die typische Hamburger Art. Bei einer Berlinerin ist er natürlich besonders besorgt, dass du es überall ausposaunst.«

»Ach so, hier gilt, viel sein, aber wenig scheinen, als fein. Während den Berlinern mehr Schein als sein nachgesagt wird.«

Jan lachte: »Gelobt seien die regionalen Vorurteile.«

»Müssen wir uns eigentlich noch die letzte Wohnung ansehen? Sollte ich nicht einfach absagen?«

»Ich würde sie trotzdem kurz besichtigen. Allein, um sie fundiert abzuhaken. Anderenfalls könntest du dir später eventuell vorwerfen, dass du sie dir nicht angeschaut hast. Wir liegen sowieso sehr gut im Zeitplan.«

»Danach müssen wir aber unbedingt etwas essen. Hoffentlich gibt es um die Zeit noch irgendwo etwas außer Kaffee und Kuchen.«

»Der Inder wird um die Zeit wahrscheinlich nur noch eine Currykaltschale anbieten, die wir uns mit dem Tellerwäscher teilen müssten. Aber keine Sorge, ich weiß, wo dem Wirt keine Stunde schlägt, und wir auch nachmittags lecker bekocht werden.«

Sie trafen noch pünktlich in Tinas letztem Objekt ein. An der Wohnung selbst hatte sie nichts auszusetzen. Aber das triste Gebäude fügte sich harmonisch in die Nachbarschaft ein. Damit war die Gefahr einer Illusion gebannt. Tina ärgerte sich nicht, dass ihre Kandidaten alle durchgefallen waren. Dafür war sie zu beglückt über die kleine Sieveking Wohnung. Sie konnte es noch gar nicht richtig glauben. Erst als sie im Blockhaus, eine Hamburger Steakrestaurantkette, die Vorsuppe löffelten, wurde ihr bewusst, dass die Wohnungssuche sehr erfolgreich abgeschlossen war. Selig strahlte sie Jan an: »Du glaubst nicht, wie froh und glücklich ich bin, dort wohnen zu können. Das habe ich nur dir zu verdanken.«

»Du glaubst nicht, wie erleichtert ich bin, dass die hübscheste Berlinerin in Hamburg eine angemessene Bleibe gefunden hat.«

Zwischen den Bissen des saftigen Steaks musste Jan von seiner Amsterdamtour erzählen. Er holte weit aus und begann mit dem Brief der Polizei aus Leer und dem Foto der Radarfalle bei Bunde. Er schilderte die Recherche nach dem BMW in Amsterdam, das Stibitzen der Telefonnummer und den verlogenen Anruf, um die Adresse seines Vaters zu erschwindeln. Jan verschwieg, dass sein Beobachtungsposten auf einem Kifferschiff in der Gracht schaukelte. Als er das Schild ‚te huur' im Fenster beschrieb, klingelte sein Handy. Tina verurteilte diesmal seine Nachlässigkeit, es nicht abgeschaltet zu haben, milder. Hatte ihr doch der vorherige Anruf die Sieveking Wohnung beschert. Hoffentlich kam jetzt kein Rückzieher. Jan zwinkerte ihr bedauernd zu und meldete sich. Dann redete er englisch, schnell und flüssig, wie man es auf keinem deutschen Gymnasium lernt. Die Aussprache klang amerikanisch. Tina hatte Mühe, alles zu verstehen. Auf jeden Fall hörte sie mehrmals den Namen Rosa und zum Schluss das beruhigende Versprechen, später zurückzurufen. Jan schaltete sein Mobiltelefon demonstrativ aus. Tina schien, dass er ihre Missbilligung bemerkt hatte. Doch das Ausschalten beseitigte nicht ihren Argwohn. ‚Wer ist Rosa? Will Jan sie, ohne mich dabei zu haben, wieder anrufen? Hat er mir seine Studentengeliebte aus Boston verschwiegen? Ist sie noch in den USA?' Tina kalkulierte die Zeitverschiebung. Bei der Schnepfe müsste es vormittags sein. ‚Oder hat er sie gar mit nach Hamburg genommen? Worüber grübelt Jan jetzt so gedankenverloren vor sich hin? Schwelgt er etwa in Erinnerungen an Rosa?' Zu gerne hätte Tina mehr gewusst, zierte sich aber, nach Rosa zu fragen. Seine Vatersuche interessierte sie jedenfalls nicht mehr. Jan war das auch aufgefallen. Er erwähnte nur noch, dass sein Vater im letzten Augenblick nach Cádiz entflohen war. In dieser Hafenstadt im äußersten Süden Spaniens sei er aber noch nicht eingetroffen.

Auf der Rückfahrt im ICE durch dunkles Ackerland verdarb Rosa immer wieder Tinas Freude über die Wohnung. Einerseits schwärmte sie von Jan, der im richtigen Augenblick an sie gedacht hatte, indem er den Makler angesprochen hatte. Andererseits schmollte sie über ihn, weil er ihr Rosa verschwiegen hatte. ‚Warum hatte Jan diese blöde US-Zicke nach ihrem Anruf kein einziges Mal mehr erwähnt? Was verheimlichte er mir? Dabei hatten wir uns beide neulich noch als ungebunden ausgegeben. Ist Jan etwa einer dieser notorischen Anbackertypen?'

33.

Jan hatte Tinas Stimmungswechsel zwar bemerkt aber nicht verstanden. Anfangs war sie so glücklich über die Wohnung und dann wurde sie einsilbig. Was hatte sie bloß so verstimmt? Unruhig schlenderte er durch die Zimmer und rekonstruierte den Ablauf. Da ihr der erste Anruf zu der tollen Bleibe verholfen hatte, konnte sie sich über die zweite telefonische Störung nicht beklagen, zumal er sich auch sehr kurz gefasst hatte und das Störgerät danach abgeschaltet hatte. Vielleicht hatte ihr nicht gefallen, dass er sich in Amsterdam bei seinem Vater nicht zuerkennen gegeben hatte, sondern den Portier vorgeschickt hatte. Doch hätte er etwa nach fast zwanzig Jahren einfach anrufen sollen: »Hallo Papa, hier ist Jan, kann ich mal kurz vorbei kommen?«

Das erinnerte Jan, Rosa anzurufen. Sie wirkte besorgt, dass Mike, so nannte sie seinen Vater immer, wenn sie aufgeregt war, noch nicht in Cádiz eingetroffen war.

Jan wählte Rosas Nummer. Sie meldete sich beim ersten Rufton, als ob sie seit Stunden die Hand am Hörer gehalten hatte. Sie schien auch keinen anderen Anrufer zu erwarten. Sie haspelte in ihrem spanischklingendem Englisch sofort los: »Seit Donnerstagabend habe ich jeden Tag beim Vermieter in Cádiz angerufen. Mike hat sich noch nicht den Wohnungsschlüssel abgeholt.«

»Traust du ihm? Vielleicht hat Michael ihn gebeten, ihn zu verleugnen.«

»Dann hätte er anders geantwortet. Da gibt es so manche Feinheiten im Spanisch. Nein, der wundert sich genauso.«

»Möglicherweise ist Cádiz auch nur eine weitere falsche Spur, wie die Kreuzfahrt nach St. Petersburg.«

»Glaube ich nicht. Zumal der Vermieter erwähnte, dass die Miete bereits überwiesen sei.«

»Lass uns mal überlegen, was wir wissen. Am Mittwochnachmittag ist er ausgezogen und hat bei dir im Unterricht eine Wohnung in Cádiz gegoogelt. Du hast mit dem Vermieter telefoniert. Wenn die Miete eingegangen ist, muss er die noch am Mittwoch überwiesen haben. Selbst wenn er erst am Donnerstag geflogen ist, hätte er gestern eintreffen müssen. Das heißt, er ist wahrscheinlich gar nicht geflogen. Natürlich, Michaels BMW stand doch noch in Amsterdam. Rosa rufe doch mal bei Auto de Jong an und frage nach dem Wagen.«

Jan suchte die Visitenkarte von de Kievit und nannte ihr die Telefonnummer.

Während er auf ihren Rückruf wartete, öffnete Jan sein E-Mail-Programm. Es war außer der üblichen Reklame für Lotterien und Penisverlängerungen nichts eingegangen. Er nahm sich erneut vor, weibliche Bekannte zu fragen, ob sie auch solche E-Mails bekommen, oder ob ihnen Brustvergrößerungen angeboten werden. Wahrscheinlich würde er es jedoch wieder vergessen.

Wenige Minuten später rief Rosa zurück: »Du hast recht. Der BMW wurde am Mittwochabend vom Eigentümer abgeholt.«

Jan rechnete im Kopf: »Wenn es um Leben und Tod ginge, könnte man die circa dreitausend Kilometer alleine in drei Tagen schaffen. Wenn man vernünftig ist und die Reise auch genießen will, bräuchte man mindestens sechs Tage, besser wären acht bis zehn.«

»Dann kommt er ja erst frühestens am Dienstag an. Und ich habe mir solche Sorgen gemacht. Dabei reist dein Vater gemütlich von einer interessanten Stadt zur nächsten und geht überall gut essen.«

Jan schnaubte: »Du kennst ihn besser als ich. Ist er so?«

Verlegen hauchte Rosa: »Ich glaube, ja.«

Jan stach die Erkenntnis, dass Michaels Spanischlehrerin, die ihn erst ein halbes Jahr unterrichtete, seinen Vater besser kannte als er. Sie verabredeten sich, am Mittwoch wieder zu telefonieren.

Später am Abend las Jan weiter in den geheimen Aufzeichnungen seines Vaters:

`,März 1988`
`Petra hatte nach kurzer Zeit die Suche nach duf-`
`tenden Rosen in Blumengeschäften aufgegeben. Die`
`Genoptimierungen in diese Richtung, an denen sie`

vor ihrer Schwangerschaft an der Hamburger Uni
mitgeforscht hatte, waren offenbar noch nicht
marktreif abgeschlossen. Das wunderte Petra,
weil sie damals bereits erstaunliche Ergebnisse
erzielt hatten. Allerdings wurde die Optimierung
der Pflanzengene zunehmend von ängstlichen Fort-
schrittsgegnern behindert. Die haben inzwischen
vielleicht sogar ein Forschungsverbot durchge-
setzt. Das käme für mich einem Denkverbot wie im
Mittelalter gleich. Das scheint indes immer
weniger Zeitgenossen zu schrecken. Kaum noch
einer verbindet mit der in zwölf Jahren anstehenden Jahrtausendwende fortschrittliche
Zukunftshoffnungen.

Petra hat sich deshalb an ihren ehemaligen Pro-
fessor gewandt und tatsächlich drei stark duftende Rosenblüten ergattert. Er hatte ihr sogar
noch zwei duftoptimierte Rosenstöcke aus seinem
privaten Gewächshaus geschenkt. Im Institutsge-
wächshaus durften sie nicht bleiben, um keine
Forschungsgelder zu gefährden. Er hatte ein
gutes Dutzend heimlich in sein eigenes Gewächshaus gerettet. Überglücklich hat sich Petra
sofort ein Gewächshaus für die beiden Pflanzen
eingerichtet. Hoffentlich spielt Jan nicht zu
interessiert daran herum.

Den AKW hat Petra pulverisiert und damit die
drei Blüten bestäubt. Die exakten Details habe
ich in Visicalc gespeichert. Dann hat sie sie

beschnuppert. Wenig später setzten auch bei ihr Kopfschmerzen ein. Diese unangenehme Nebenwirkung ließe sich wahrscheinlich durch bessere Dosierung vermeiden. Aspirin verkniff sie sich. Am nächsten Morgen waren die Kopfschmerzen auch so verschwunden. Dafür klagte sie über Lichtempfindlichkeit. Ich vermute, dass Petra das nur auffiel, weil sie jetzt natürlich verstärkt auf alle Sinneseindrücke achtete. Die Steigerung ihres Denkvermögens beschreibt sie so, wie ich sie bei mir auch festgestellt habe. Petra ist begeistert.

April 1988
Es sind sechs Wochen seit Petras Selbstversuch vergangen. Sie schwärmt nach wie vor über intensivere Wahrnehmungen, beschleunigtes Lernen und mannigfaltigere Querverbindungen. Sie erkennt ungeahnte Zusammenhänge und Alternativen zu gängigen Lösungen. Die Vernunft gewinnt die Oberhand. Emotionelle Fehlentscheidungen treten nicht mehr auf. Wenn die Mehrheit sich so verändern würde, müsste Toleranz steigen und sich Feindseligkeiten vermindern.

Da ich bei mir kein Nachlassen dieser Verbesserungen bemerkt habe, können wir erwarten, dass es auch bei Petra zumindest die nächsten Monate so bleiben wird. Hoffentlich nicht ihre Lichtempfindlichkeit. Die soll sich nämlich eher verstärkt haben.

Eine Sorge hatte ich in diesen Aufzeichnungen verschämt verschwiegen. Ich wusste nicht, wie sich der AKW auf unsere Liebe auswirkt. Sie hat zum Glück nicht gelitten. Im Gegenteil, ich bin mir jetzt unseres Glücks bewusster als vorher.

Nun müssen wir uns nur noch entscheiden, wie es mit dem AKW weitergehen soll. Ich schreibe hier meine Überlegungen dazu auf, weil ich weiß, dass ich dadurch umfassender alle Aspekte berücksichtige:

Zunächst klammere ich die Frage ‚wie' aus und konzentriere mich nur auf die Frage, ob die Weitergabe des Wissens für die Menschen positiv oder negativ einzuschätzen wäre. Mir ist klar, dass alles seine zwei Seiten hat. Aber ist es zu verantworten, das Wissen zu veröffentlichen? Zurzeit wissen wir nur, dass sich der AKW für wissenschaftlich Ausgebildete positiv auswirkt. Wenn Gescheite gescheiter werden, werden Dumme auch gescheiter oder dümmer? Wie verändern sich Gewalttätige oder gar Kriminelle? Was wird aus Künstlern? Erhöht oder vermindert sich deren Kreativität?

Wie würden die verschiedenen Organisationen unserer Gesellschaft reagieren, wenn sie von dem AKW erführen?

Die Pharmaindustrie würde sicher am liebsten Pillen entwickeln und verkaufen, die jeder jeden Tag schlucken müsste. Das wäre, als wenn alle zuckerkrank würden, oder die Potenzierung des Antibabypillengeschäfts. Pharmelli würde gewiss einen erbitterten Patentstreit ausfechten, wenn raus käme, dass ich den AKW in ihrem Hamburger Labor entdeckt hatte.

Die Ärzte würden so sehr auf Risiken und Nebenwirkungen herumreiten, dass die AKW-Pillen nur nach vierteljährlichen Pflichtuntersuchungen verschrieben werden dürften. Die Krankenkassen würden keine Kosten erstatten, da keine Krankheit behandelt würde.

Die Parteien mit sozialem Image würden per Gesetz sicherstellen, dass alle einen Anspruch auf die AKW-Pillen hätten. Für arme Wähler würden sie ein einkommensabhängiges Beihilfesystem einrichten, hoffentlich ohne neue Behörde.

Die Kommunisten würden die AKW-Pillen nur aktiven Parteimitgliedern und unterdurchschnittlich intelligenten Wählern kostenlos verabreichen und den intelligenteren verweigern, um ungerechte Ungleichheiten anzunähern.

Die grünen Welterretter würden den AKW als unnatürliches Doping verbieten. Zumal die ohnehin zu

schlaue Menschheit genug Schaden angerichtet
hat.

Den Liberalen wäre die Entscheidungsfreiheit der
Bürger für oder gegen die Einnahme des AKWs
wichtig. Darum würden sie auch gegen das Verhalten der Firmen wettern. Die würden nämlich ver-
langen, dass die Belegschaft die AKW-Pillen
regelmäßig schluckt. Verweigerer würden nur noch
in Ausnahmefällen eingestellt. Da die Gewerkschaften intern genauso vorgehen würden, blieben
Konflikte in diesem Zusammenhang aus. Für die
unteren Lohngruppen würden einige Gewerkschaften
für den tariflichen Anspruch auf kostenlose AKW-
Versorgung kämpfen. Das würde dann das Finanzamt
als geldwerten Vorteil der Einkommensteuer
unterwerfen.

Die Kirchen und die Esoteriker würden befürchten, dass zu viele Anhänger an den naiven Theo-
rien der verschiedenen Religionen zweifeln. Sie
würden deshalb den AKW als nicht gottgewolltes
Teufelszeug verdammen. Wobei anzunehmen ist,
dass die Würdenträger und der Klerus sich heimlich selbst versorgen würden.

Die Medien würden nach den Sensationsmeldungen
in der Anfangsphase nur noch über tragische
Unfälle durch Überdosen oder Imitate berichten.

Für die Geheimdienste wäre das Thema nur von Interesse, solange der AKW geheim ist. Dann würden sie vor nichts zurückschrecken, es den Gegnern vorzuenthalten.

Wie sich die Intellektuellen verhalten werden, vermag ich nicht vorherzusagen. Wahrscheinlich würden zahlreiche gegensätzliche Strömungen entstehen, die kurzfristigen Moden oder immerwährenden Philosophien entspringen.

Ich glaube, es ist noch nicht mal möglich, nur die wahrscheinliche Entwicklung in Europa vorherzusagen. Eine globale Lösung wird es kaum geben. Dafür weichen die regionalen Freiheiten zu stark voneinander ab. In Ländern mit AKW-Verbot würde der Mafia ein zusätzliches Geschäft und der Polizei ein weiteres Betätigungsfeld beschert.

Bei aller gebotenen Bescheidenheit erlaube ich mir noch eine ganz andere Anmerkung: Wenn ich sehe, was aus anderen großartigen Erfindungen geworden ist, bedauere ich oft deren geistige Väter. Die drahtlose Datenübertragung zum Beispiel ermöglichte erstmals Funkkontakt mit Schiffen auf hoher See. Dann bescherte sie uns das Radio, was jedoch bald zu üblen Propagandazwecken missbraucht wurde. Nach dem 2. Weltkrieg verbreitete sich das Fernsehen, das uns tagtäglich mit überwiegend Bedeutungslosem berieselt und uns damit die Zeit stiehlt. Was würde also mit dem AKW angerichtet?'

Jans Gedanken schweiften ab. Ihm wurde bewusst, dass es, als sein Vater das vor einundzwanzig Jahren schrieb, weder Handys noch Internet für jedermann gab. Die genialen Entwickler ahnten gewiss auch nicht, wie viele sinnlose SMS, Twitter und nervige E-Mail-Werbung heute die Netze verstopfen.

34.

Am späten Sonntagvormittag besuchte Jan seinen Opa. Zunächst erzählte er, was er in Amsterdam erlebt hatte. Horst hörte zwar interessiert zu, verkniff sich aber jeglichen Kommentar. Seine Maulsperre bezüglich Michael blockierte ihn offenbar immer noch.

Jan sprach das Angebot für das Haus an. Horst wunderte sich: »Wieso willst du das Haus verkaufen? Hier ist doch gar nicht genug Platz für uns beide.«
»Ich wohne doch in meiner Wohnung in Hamburg-Altona. Das Haus steht leer und muss verkauft werden.«
»Was sagt denn deine Verlobte dazu? Wenn ihr erst Kinder habt, braucht ihr sowieso ein Haus mit Garten.«
Jan schnaufte: »Es gibt keine Verlobte. Wir sollten das Haus möglichst bald verkaufen, damit wir es im Winter nicht leer heizen müssen.«
»Das stimmt allerdings. Was soll es denn kosten?«
»Der Interessent bietet 237.000 Euro.«
»Was! Das hat doch damals 220.000 gekostet. Bei der Inflation in den letzten vierzig Jahren müsste das doch jetzt viel teurer sein.«

»Ist es ja auch. In Euro kostete das Haus ja auch nur 110.000.«

»Quatsch, ich erinnere mich genau an die 220.000. Das war seinerzeit ein Vermögen. Ingrid hatte Sorgen, ob wir die Hypothek je tilgen würden. Das ging dann aber schneller als gedacht.«

Jan merkte, dass sie besser über Deutsche Mark Beträge diskutieren sollten: »Du hast völlig recht. Das hat mal 220.000 DM gekostet und könnte jetzt für 470.000 DM verkauft werden.«

»Oh, das wäre ja über das Doppelte. Das Geschäft sollten wir uns nicht entgehen lassen.«

»Nun, ich denke, wir könnten noch 100.000 DM mehr rausholen.«

»Das wäre ja fantastisch. Dann könnten wir ja das Dach neu decken. Das sind nämlich noch die alten Ziegel. Die fangen an zu bröseln. Ich hätte damals doch die teureren nehmen sollen.«

Jan wusste nicht, ob er lachen oder weinen sollte: »Das überlassen wir lieber dem Käufer.« Ihm wurde klar, dass Horst nie mit einem Interessenten zusammentreffen sollte. Außerdem beschloss er, sich bei Zeiten um eine notarielle Generalvollmacht zu kümmern.

»Bist du damit einverstanden, wenn ich 570.000 DM fordere?«

»Das wäre natürlich klasse. Am besten besprichst du das mit einem lokalen Makler deines Vertrauens.«

Nachdem sie dem Chinesen im schwarzen Anzug ihre Bestellnummern genannt hatten, sprach Horst erneut den Hausverkauf an: »Wenn wir so viel für das Haus bekommen, müssen wir uns doch mit der Finanzkrise beschäftigen. Wenn man die Angstmachermedien ernst nähme, müsste man sein Geld besser unters Kopfkissen legen, als es den Banken anvertrauen.«

Jan lachte: »Wenn wir im großen Umfang den Banken nicht mehr trauen, frage ich mich, ob unser Papiergeld überhaupt eine werthaltige Zukunft hat. Hoffentlich müssen wir nicht demnächst Goldstücke unterm Kopfkissen stapeln.«

Horst rieb sich besorgt den Nacken: »Das wäre aber hart und unbequem.«

»Ich kann mir Gold auch nur als Ersatz für Bargeld vorstellen. Das spielt heutzutage aber kaum noch eine Rolle. Das meiste läuft doch mit Überweisungen, Daueraufträgen und Kreditkarten. Ob das mit Gold ohne Banken funktioniert, bezweifle ich.«

Horst schüttelte zustimmend den Kopf: »Was machen wir also, wenn das dicke Geld kommt?«

»Vor allen Dingen keinen Banker fragen. …«

»Was! Wen denn sonst?«, unterbrach ihn Horst überrascht.

»Das hat mir neulich ein Kollege aus der Finanzabteilung geraten. Mit dem hatte ich zufällig in der Kantine an einem Tisch gesessen. Der empfahl, Geld aus Sachwerten, das nicht zur Schuldentilgung oder anderweitig kurzfristig gebraucht wird, wieder in Sachwerte zu stecken. Dadurch schütze man es vor der Inflation. Wobei Sachwerte nicht nur Edelmetalle oder Immobilien sein müssen, sondern auch Aktien sein können.«

»Und damit begibt man sich dann doch wieder in die Hände der Bank.«

»Das sei nur problematisch, wenn man ihnen die Vermögensverwaltung überlässt. Kundenaufträge führen sie in aller Regel zuverlässig und günstig aus. Denk nur an die Überweisungen und Daueraufträge.«

»Bei Aktien müsste man dann jedoch wissen, welche Titel gekauft oder verkauft werden sollen.«

»Stimmt. Damit muss man sich entweder selbst beschäftigen oder sich von jemand helfen lassen, der was davon versteht aber dabei keine eigenen Interessen verfolgt, wie die Banker. Er hat mir übrigens angeboten, uns beim Depotaufbau zu unterstützen.«

»Wie schätzt er denn die Lage ein? Wird die Finanzkrise bald überwunden sein?«

Jan stöhnte: »Genau das habe ich ihn auch gefragt. Große Hoffnungen hat er mir nicht gemacht. Seine Begründungen waren leider kompliziert. Er sieht das Kernproblem im zu niedrigen Eigenkapital der Banken. Die Mindestanforderungen seien in den letzten Jahrzehnten mehrfach reduziert worden und inzwischen zu riskant.«

»Das müsste man doch leicht korrigieren können.«

»Die Regierungen könnten die Mindestanforderungen für das Eigenkapital genauso leicht wieder erhöhen, wie sie sie vorher vermindert haben. Das würde allerdings die Kredite verteuern. Leider sind aber ausgerechnet die Regierungen die größten Schuldenmacher. Das bremst natürlich deren Reformeifer.«

Horst schnaubte: »Das heißt, die Lage ist nicht ernst aber hoffnungslos.«

Weitere trübe Gedanken vernebelten die Aromaschwaden der Vorsuppe.

Nach dem Mittagessen kehrte Jan in seine Wohnung zurück. Er entschied sich, dem Makler eine E-Mail zu senden. Dadurch hätte er es vom Tisch und müsste nicht am Montag mit Nadler telefonieren. Der hätte dann auch gleich etwas Schriftliches. Falls ihm die 290.000 Euro als Gegenvorschlag nicht gefallen sollten, könnte er sich ja melden. Jan erinnerte sich, vor Kurzem bereits eine E-Mail von Nadler erhalten zu haben. Beim Durchsuchen der empfangenen Nachrichten am Bildschirm fand er sie nur nicht. Es wurden Monate alte Meldungen angezeigt. Plötzlich fiel ihm auf, dass die Ablage nicht mehr wie bislang chronologisch sortiert war. Das kleine graue Dreieck stand nicht mehr bei der Spaltenüberschrift ‚Datum‘, sondern bei ‚Absender‘. Durch diese alphabetische Sortierung fand er die gesuchte E-Mail sofort. Mit einem Mausklick kreierte er eine Nachricht an Nadler mit dem reduzierten Preis.

Beim Abschicken grübelte er, wieso sein E-Mail-Programm die Sortierung geändert hatte. Er überzeugte sich, dass die chronologische Reihenfolge noch funktionierte. Sie blieb auch nach Beendigung und Neuaufruf des Programms erhalten. Jetzt probierte Jan, ob sich die Software auch andere Sortierungen merkte. Um ganz sicher zu gehen, fuhr Jan sogar noch den Rechner runter und wieder hoch. Die E-Mails wurden immer mit der zuletzt gewählten Einstellung sortiert. Für Jan gab es nur eine Erklärung, irgendjemand musste seine E-Mails durchsucht haben. Dabei wurde die Sortierung auf Absender geändert und so gelassen.

‚Wer macht denn so etwas?' Ein kalter Schauder sträubte Jans Armhärchen. Am liebsten hätte Jan die Tastatur desinfiziert. Sie kam ihm besudelt vor.

‚Gibt es noch weitere Beweise für die Heimsuchung?' Misstrauisch durchstreifte er seine Wohnung. Er inspizierte sogar noch das Schloss an der Wohnungstür. Er stieß auf nichts Verdächtiges. Auf dem Rückweg zum Schreibtisch fiel ihm das Blinken der Lämpchen des Routers auf. Mit diesem drahtlosen Internetzugang bräuchte man sich gar nicht die Mühe machen, hier einzubrechen. Hastig schaltete Jan den Blinkkasten ab. Die taktlos erstrahlenden Leuchtdioden erblassten. Sofort fühlte er sich sicherer. Dann startete er das Virensuchprogramm. Das forderte allerdings zunächst den Zugang zum Internet, um die neuste Version herunterzuladen. Jan schaltete den Router wieder ein, zum ersten Mal mit einem mulmigen Gefühl. Was würde außer der neuesten Datei zum Virenschutz noch auf seinen Computer übertragen oder abgezapft? Würden nicht sogar offizielle Geheimdienste ohnehin nicht von dem Schutzprogramm identifiziert, egal wie aktuell seine Programmversion auch sein sollte? Angeblich musste Microsoft für die Staatsschützer eine stets zugängliche Hintertür einbauen.

Während das Programm den Systemcheck abarbeitete, bemühte sich Jan um Vernunft. Seiner Meinung nach war auf dem Rechner nichts gespeichert, was Schnüffler interessieren könnte oder sollte. Airbus betreffende Daten durfte er hier gar nicht lagern. Das war ihm am ersten Tag eingebläut worden.

‚Ob die den Rechner überprüft haben? Kontrollieren die etwa, ob ihre Ingenieure Firmengeheimnisse auf privaten Rechnern speichern?‘ Das erinnerte ihn an die Pharmelli-Paranoia seines Vaters. ‚Haben mich etwa seine Ängste angesteckt?‘ Schmunzelnd verwarf Jan den Gedanken. ‚Aber warum werden meine E-Mails nach Absendern sortiert? Das habe ich noch nie gemacht.‘

Das einzig Geheimnisvolle, was ihm einfiel, war Papas Beichte. Die hatte er vom Rechtsanwalt Lambrecht auf altmodischen Floppy Disketten erhalten. Die hatte ihm Fritz Bruch vom Chaos Computer Club nach der Umformatierung als E-Mail-Anhang gesendet. Soweit er diese persönlichen Aufzeichnungen bislang gelesen hatte, ging es um eine über zwanzig Jahre alte Geschichte.

‚Was mache ich denn jetzt?‘ Spontan hätte er am liebsten Fritz Bruch, den Computer-Aktivisten, gefragt. Doch das verkniff er sich. Vor allem, um ihn da nicht mit reinzuziehen. ‚Worein eigentlich?‘

‚Ich könnte natürlich so tun, als ob nichts gewesen wäre.‘ Diese passive Nulllösung behagte Jan nicht. Er würde zu gerne wissen, wer seine E-Mails durchgeflöht hatte. Dazu müsste man ihm eine Falle stellen. Er durchdachte sich verschiedene Alternativen. Eine gefiel ihm so gut, dass er sich sofort auf den Weg machen wollte. Er wartete nur noch auf den Befund des Virensuchprogramms.

Endlich verkündete der Bildschirm, dass weder Infektionen noch Spione gefunden wurden. Jans Vertrauen blieb untergraben.

Um sich nicht durch seine Autonummer zu verraten, stieg Jan hinab in die Welt der U-Bahn. Wie immer fühlte er sich hier, so tief unter den Straßen und Häusern, unwohl. Das begann mit dem sauren Geruch, der ihn bereits auf halber Treppe entgegenschlug und ekelte. Selbst auf zugigen Bahnsteigen roch er ihn. Stets befürchtete er, röcheln oder gar würgen zu müssen. Er atmete deshalb nur flach und so wenig wie möglich. Die Gesichter der meisten Fahrgäste prägte ein stumpfer Blick. Jan vermutete, dass nicht nur die Luft, sondern auch die Enge und die Unterwerfung diese sichtbare Resignation verursachten. Oft genug musste man hier Fremde in seiner persönlichen Nahzone dulden. Das konnte bis zum Körperkontakt ausarten. Obendrein war man Fahrplan, Technik, Bediensteten und Besoffenen ausgeliefert. Heute am Sonntagnachmittag hielt sich das zum Glück in Jans Waggon in erträglichen Grenzen. Er fuhr auch nur zwei Stationen. Vom Zielbahnhof zum Internet Café schritt er nur eine Minute. So dicht hätte er hier nirgends parken können.

Der Internetladen war nur schwach besucht. Die Mehrheit der Gäste sah ausländisch aus. Jan freute sich, einen Platz ohne direkte Nachbarn zu ergattern. Geschwind hatte er die kostenlose E-Mail-Adresse `informator@gmx.de` eingerichtet. Mit diesem Absender schickte Jan an sich selbst die E-Mail:

`‚Hallo Jan,`
`wenn Du die ganze Wahrheit über Deinen Vater`
`erfahren willst, komm am 09.09.09 um 09:09 pm in`
`die Holsten-Schwemme. Ich kenne Dich und spreche`
`Dich an, wenn Du alleine kommst.`
`Dein Informator‘`

Damit hoffte Jan, das Interesse des Schnüfflers zu wecken. Er hätte es sachlich nicht begründen können, aber er war überzeugt, dass es keine Frau war. Da er es für unwahrscheinlich hielt, dass der Unbekannte seine E-Mails täglich mitlas, terminierte er das Treffen erst auf Mittwoch. Das Schnapszahldatum dieses Jahres passte ideal zum Treffpunkt. Den hatte er im Internet gefunden. Jan rieb sich rachlustig die Hände, da er den E-Mail-Voyeur nachts in die vom Namen her ärgste Säuferkneipe im finstersten St. Pauli lockte.

Beim Abendessen erwog Jan, sich mal wieder bei Tina zu melden. Er entschied sich schweren Herzens dagegen. Sie hatte sich zum Schluss so merkwürdig verhalten. Allein dafür hätte sie ihn längst anrufen müssen, nicht nur, um sich zu entschuldigen, sondern sich auch noch mal für die Sieveking Wohnung zu bedanken. Ohne ihn hätte sie nie davon erfahren. Eine Woche wollte Jan ihr noch geben. Statt zu telefonieren, las er die letzten Seiten der Aufzeichnungen seines Vaters:

`,Mai 1988`
`Petra und ich haben tagelang über die AKW-Veröf-`
`fentlichung diskutiert. Schließlich wogen die`
`negativen Konsequenzen schwerer. Wir sind uns`
`einig, den AKW geheim zu halten. In Bezug auf`
`Jan, unseren vierjährigen Sohn, käme der AKW`
`ohnehin erst in fünfzehn bis zwanzig Jahren`
`infrage. Petra bewundert meine Bescheidenheit.`
`Sie meint, kaum einer hätte auf den Ruhm ver-`
`zichtet, sich als Entdecker des AKW ehren zu`
`lassen.`

Dennoch widerstrebt es uns, der Menschheit den AKW völlig vorzuenthalten. Das wäre historisch eventuell tragischer, als das AKW-Geheimnis zu publizieren. Zum Glück hat Petra eine grandiose Idee, den AKW wenigstens einmal einzusetzen. Dafür hat sie einen verwegenen Plan ausgebrütet. Ich wage nicht, ihn hier aufzuschreiben. Es wäre fatal, geriete er in falsche Hände. Ich vermute, dass damit meine Notizen zum AKW enden.

Schlussbemerkung:
Ich werde diese Aufzeichnungen so sicher wie möglich deponieren und hoffe, dass sie nur von mir Autorisierten gelesen werden. Im Augenblick wüsste ich nicht, wer das sein sollte. In circa zwanzig Jahren wird Jan vielleicht damit umgehen können.

Wer auch immer diesen Text liest, sollte sich reiflich überlegen, ob die Informationen zum Nutzen der Menschheit wirklich gebraucht werden. Missbrauch ist leider leicht vorstellbar aller- dings ebenso leicht vermeidbar, indem man die Informationen einfach nur für sich behält. '

Jan stellte fest, dass sein Vater immerhin das Ende seiner Aufzeich- nungen richtig erahnt hatte. Er fühlte sich sogar ein wenig geehrt, als potenziell autorisierter Leser erwähnt worden zu sein. Zu gerne hätte er noch erfahren, was seine Mutter ausgeheckt hatte. Leider traute sich sein ängstlicher Vater nicht einmal, es in diesem Geheimdokument aufzuschreiben. Dagegen kam sich Jan angesichts der Falle für den E-Mail-Mitleser geradezu mutig vor.

35.

Jans Mut schwand jedoch in den nächsten drei Tagen. Anfangs fragte er sich, wen er da in die Holsten-Schwemme lockte. ‚Ein einzelner Spinner? Wenn ja, ein heimtückischer Gewalttäter? Oder ein privat Rekrutierter? Wenn ja, von Pharmelli oder der Pharma-Mafia, falls es die tatsächlich gibt? Oder steckt etwa Airbus dahinter? Oder vielleicht ein beamteter Agent? Wenn ja, vom deutschen Verfassungsschutz oder von welchem Geheimdienst? In jedem Fall ist mit solchen Typen nicht zu spaßen.‘ Jan bezweifelte, dass die überhaupt Spaß verstanden. Gewiss nicht über sich selbst.

Am Mittwochabend wurde Jan sich bewusst, dass er die dunklen Gassen zwischen der Reeperbahn und der Elbe für so unsicher hielt, dass er dort noch nicht einmal seinen betagten Toyota im Dunkeln alleine lassen wollte. Eigentlich Grund genug, auch persönlich die Gegend zu meiden. Andererseits wusste er nicht, was dort wirklich los war. Vielleicht schreckte ihn nur ein längst überholtes Vorurteil. Er erinnerte sich jedenfalls an keine aktuellen Schreckensmeldungen der lokalen Schauerpresse. Vor allem aber wollte er zu gern sehen, ob tatsächlich jemand seiner E-Mail-Einladung Folge leistete.

Es sah zwar nach Regen aus, war aber trocken und noch mild. Wenn es draußen gesaut hätte, wäre er vielleicht zu Hause geblieben. Doch so machte er sich mit flauem Gefühl auf den Weg. Flach atmend setzte er sich in die U-Bahn. Abends um halb neun war der abendliche Berufsverkehr abgeebbt. Deshalb wirkten die Fahrgäste weniger gemischt. Jetzt schienen, überwiegend ärmlich aussehende die U-Bahn zu benutzen. Jan hatte sich mit abgewetzter Jeans und lappigem Sakko verkleidet. Bei Tageslicht hätte Ingrid, seine Oma, ihn so nicht gehen gelassen. Nach drei Stationen stieg Jan aus. Am oberen Ende der Rolltreppe blies er die aufgestaute Luft aus, atmete tief durch und wagte sich in das Gassenviertel. Forsch schritt er an Frauen mit langen Stiefeln, kurzen Röcken und tief ausgeschnittenen Engpullis vorbei. Sie traten aus den Hauseingängen und koberten jeden Passanten an, der auch nur einen flüchtigen Blick auf sie riskierte. Jan passierte sie ungehindert. Aus einigen Bars schallte Schlagermusik oder grölendes Gelächter. Da er sich den Lageplan genau eingeprägt hatte, fand er die Holsten-Schwemme sofort.

Sein innerer Bedenkenträger mahnte ihn: ‚Noch kannst du die Geschichte einfach abbrechen.‘ Doch das hätte Jan zu sehr an seinen Vater erinnert: ‚Was der Schisshase sich sonst noch alles nicht getraut hatte?‘

Mit gesträubten Nackenhaaren zog Jan die eine Handbreit offen stehende Tür auf. Trotz dieser Dauerlüftung schlug ihm hoch konzentrierter Bierdunst und Zigarettenqualm entgegen. Drinnen wummerte ‚Modern Talking‘ aus der Musikbox. Die Tür schloss sich hinter Jan wieder von alleine in die Lüftungsposition. Die linke Längsseite des schummrigen Raums belegte der Tresen. Auf der rechten Seite standen vier Tische vor verhangenen Fenstern. Am ersten Tisch klopften drei alte Männer Karten. An der Theke saßen einige Männer und eine Frau. Mehr konnte Jan von hinten nicht erkennen. Drei einzelne Barhocker zwischen ihnen waren frei. Der runde Großtisch am Ende neben der Musikbox war vollständig belegt. Am Tisch davor schnatterten drei Frauen mittleren Alters. Der Tisch neben den Skatspielern war noch frei. Dorthin setzte sich Jan und freute sich. Dieser Platz eignete sich gut als Agentenfalle. Hier hätte sich der imaginäre Informator gut zu Jan gesellen können. Seine Armbanduhr zeigte 20:55 Uhr an. Er fragte sich, ob sein Opfer bereits eingetroffen war. Die Kartenspieler saßen hinter ihm. Von denen las gewiss keiner seine E-Mails mit. Jan bezweifelte, ob die überhaupt jemals einen PC eingeschaltet hatten. Für Jan schied die fröhliche Weiberrunde auch aus. Die pflegte ausgelassenen Kontakt zu den Leuten am großen Rundtisch. Jetzt bemerkte Jan, dass dort eine Frau mit weißem Schleier und Brautkleid saß. Ihr Nachbar trug als Einziger einen dunklen Anzug, ein weißes Hemd und eine silberne Krawatte. Feierten die etwa in dieser maritim dekorierten Spelunke Hochzeit? Jan konnte es anfangs kaum glauben. Erst das Datum 09.09.09 erinnerte ihn an die Zeitungsnotiz vor einigen Wochen, die beklagte, dass die Hamburger Standesämter trotz Sonderschichten für dieses einprägsame Datum ausgebucht seien. Jan hielt es für ausgeschlossen, dass sein Mitleser bei denen mitfeierte. Blieben also nur die kerligen Rücken an der Theke. Bislang hatte er keinen beim Umdrehen erwischt. Vielleicht reichte dem auch der Spiegel an der Barrückwand. ‚Ob der Mitleser weiß, wie ich aussehe? Kennen wir uns womöglich?‘ Daran hatte Jan noch gar nicht gedacht. Entrüstet verwarf er den Gedanken. ‚Solche Leute kenne ich ganz gewiss nicht.‘

Hinter Jan brüllte eine raue Männerstimme in Siegerlaune: »Lola lass uns hier nicht verdursten.«
»Schon in Arbeit. Bin gleich bei euch,« trällerte die Kunstblonde hinter dem Tresen. Kurz darauf trug sie auf einem runden Tablett mit hohem Rand drei Biertulpengläser mit steifen Schaumkronen und drei randvolle Schnapsgläser zu den Durstenden. Auf dem

Rückweg begrüßte sie Jan: »Moin, auch was trinken oder nur gucken?«

Der um Nüchternheit bemühte U-Bahn-Fahrer riskierte ein Scherzchen: »Gerne ein Alsterwasser (Bier mit Limonade), oder sagt man hier Elbwasser?«

»Nee, bei uns heißt das Brackwasser (Gemisch aus Süß- und Salzwasser). Haben wir frisch geschöpft da.«

Wenig später hörte Jan ihre Ansage: »Ein Brackwasser für Tisch 200.«

Sie stellte ein Halbliterglas auf den Tresen. Jan trat an die Theke und nahm sich das perlende Getränk. Dabei nickte er den Barhockern freundlich zu. Leider stand keinem der Spion ins Gesicht geschrieben. Niemand hatte sich agententypisch kostümiert mit kariertem Jackett wie Nick Knatterton, schwarzem Smoking wie James Bond oder wenigstens mit zerknautschtem Regenmantel wie Columbo. Jan kehrte wieder an seinen Tisch zurück.

Inzwischen war es 21:05 Uhr, noch vier Minuten bis zum vorgegaukelten Treffen. Jan vertrieb sich die Zeit, indem er die Rückansichten der Tresenmänner studierte. Der ganz links trug eine schwarze Trainingsanzughose mit ehemals weißen Schrägstreifen. Die Hacken seiner dunklen Halbschuhe waren schief abgelaufen. Den hielt Jan für ebenso unverdächtig wie den Jeansträger mit strahlerweißen Turnschuhen. Der schnäbelte gar zu versonnen mit der Schwarzhaarigen, deren tätowiertes Geweih zwischen Gürteloberkante und T-Shirt Unterkante vorlugte. Bei dem Zappelphilipp mit dem brünetten Pferdeschwanz war sich Jan unsicher. Ihm schienen die Frisur zu auffallend und das Beinwippen zu unkontrolliert. Blieben noch die beiden am Ende des Tresens. Deren Unauffälligkeit machte sie für Jan besonders verdächtig. Er hatte allerdings nur mit einem gerechnet. Vielleicht unterhielt sich sein Mitleser auch nur zur Tarnung mit einem unbekannten Nachbarn. Was für einen Hamburger eher untypisch wäre.

Die Musik verstummte. Der Rechte der beiden glitt vom Hocker und stellte sich vor die Musikbox. Jan wunderte sich, dass er kleiner und korpulenter war, als es die Rückansicht vermuten ließ. Der Sitzriese steckte Münzen in den Schlitz und drückte Tasten. Auf dem Rückweg schaute er lange zur Eingangstür. Jan war überzeugt, dass dessen Hauptinteresse seinem Tisch galt. Der hatte wahrscheinlich gehofft, dass inzwischen der Informator eingetroffen war. Es war immerhin 21:15 Uhr. Mit dem Einsatz des stampfenden Beats ‚You Are Not Alone‘ von Modern Talking klingelte Jans Handy. Bei dem kreischenden Mädchenchor hätte Jan es fast nicht gehört. Er presste sich das Telefon an das Ohr und meldete sich. Es vergingen Sekunden, bis ihm schwante, dass eine weibliche Stimme Englisch sprach. Verstehen konnte er bei dem Lärm nichts. Er stand deshalb auf und verließ die Holsten-Schwemme. Auf der Straße erfuhr er von Rosa, dass sein Vater immer noch nicht in Cádiz eingetroffen sei. Sie klang besorgt. Jan beruhigte sie: »Ich habe die Tour im Internet mit einem Routenplaner durchgerechnet. Danach wird Michael vernünftigerweise erst am Wochenende eintreffen. Wenn man schon mal durch Paris, Barcelona und Madrid kommt, sollte man dort auch verweilen. Besonders, wenn keine Termine drängen. Oder habt ihr euch verabredet?«
Rosa seufzte: »Mike ging für immer.«
Jan wusste nichts Tröstendes zu sagen. Zumal in diesem Augenblick der Musikboxtyp raus kam und suchend in alle Richtungen schaute. Im Licht der Straßenlaternen wirkte er älter. Vielleicht täuschte auch nur der jetzt deutlicher erkennbare Bierbauchansatz. Der Plauzige tippte auf seinem Handy herum und hielt das Kästchen an

das Ohr. Jan vermutete, dass der E-Mail-Voyeur schauspielerte. Oder meldete er etwa der Einsatzzentrale die neue Lage? Jedenfalls schlenderte er leise redend in die andere Richtung.

Jan verabschiedete sich bei Rosa. Bevor er sich wieder an seinen Tisch setzte, bezahlte er am Tresen. Es vergingen höchstens zwei Minuten, bis der Handy-Pantomime zurückkehrte. Der gut frisierte Braunhaarige trug ein braunes Blouson und eine braune Cordhose. Also wahrscheinlich ein Zugereister, Hamburger bevorzugen blau oder schwarz. Jan war mit dem Ergebnis seines Abenteuerausflugs so weit zufrieden. Er hätte natürlich gerne noch gewusst, wer den Bräunling beauftragt hatte.

Um 21:30 Uhr war selbst dem Geduldigsten klar, dass der Informator nicht mehr kommen würde. Jan wartete, bis die flotte Lola am vorderen Teil der Theke beschäftigt war, also weit weg vom Geheimagenten, der hoffentlich seine Zeche noch nicht beglichen hatte. Mit einem nickenden Tschüss zur Blonden verließ Jan die Holsten-Schwemme. Draußen flitzte er sofort über die Straße und duckte sich hinter einen klobigen Geländewagen. Durch die getönten Scheiben des Försterautos beobachtete er die Kneipentür. Wie erhofft, verging genügend Zeit, in der er auch in der nächsten Querstraße hätte verschwinden können. Der Stämmige hastete heraus, blieb stehen und spähte nach allen Seiten. Dann trabte er in Richtung Reeperbahn. Jan war erleichtert. In das dunkle Gassendickicht hätte er ihn nicht verfolgt. Aber so hatten sie den gleichen Weg. Der Sucher eilte, um ihn einzuholen. Jan folgte ihm mit sicherem Abstand, vor allem darauf bedacht, nicht entdeckt zu werden. Es machte Jan sogar etwas Spaß. Es erinnerte ihn an das Räuber- und Gendarm-Spielen mit den Nachbarbengeln. Durch die schmalen Straßen stromerten jetzt deutlich mehr Männer. Die Hauseingänge reichten nicht mehr für die Kurzröcke. Sie standen jetzt auch noch an den

Hauswänden. Jan gelang es, von ihnen nicht aufgehalten zu werden. Der Braune erreichte die Reeperbahn und bog nach links ab. Kurz darauf verharrte Jan am Eckschaufenster eines Damenunterwäscheladens, der sich auf rote und schwarze Kleinstteile spezialisiert hatte. Mit dem linken Auge bewunderte er die Auslagen mit dem rechten suchte er den Wetzer. Es wäre töricht, jetzt dem Spion in die Arme zu laufen. Der verbarg sich wahrscheinlich hinter der Litfaßsäule bei der U-Bahn-Treppe und wartete auf ihn. Vom Millerntor rollte ein HVV Bus (Hamburger Verkehrsverbund) heran. Jan entschied sich, mit dem Bus nach Hause zu schaukeln. Leider gondelten die auf rätselhaften Umwegen von Haltestelle zu Haltestelle und von einer roten Ampel zur nächsten. Aber jetzt war Jan die Geschwindigkeit egal. Er wollte vor allem unerkannt entkommen. Er mischte sich in den Pulk der Passanten, die auf das Grün der Fußgängerampel warteten. Mit ihnen setzte er über die Reeperbahn und stellte sich im Unterstand der Bushaltestelle ganz nach hinten. Erst von hier wagte er wieder einen Rundblick. Der Agent blieb verschwunden. Vielleicht ratterte der bereits mit der U-Bahn zur Einsatzzentrale. Der Bus schwenkte in die Haltebucht. Die Türen zischten beim Öffnen. Jan mengte sich mit gesenktem Haupt in die Einsteigertraube. Beim Hinsetzen in der vorletzten Reihe drängelte sich der Bus bereits mit dem städtischen Vorfahrtsprivileg in den fließenden Verkehr. Jan warf noch einen Blick zurück. Der Spion war nicht zu sehen. Jan schnaufte erleichtert. Der Ausflug hatte sich als weitaus harmloser erwiesen als erwartet. Die Holsten-Schwemme hatte sich als brave Bürgerkneipe entpuppt. Der Bus schunkelte ihn gemächlich nach Hause.

Beim Busausstieg radauten beschwipste Jugendliche. Übermütig pflaumten sie sich an. Bei der ersten Haltestelle stiegen sie johlend aus. Jetzt entdeckte Jan seinen Verfolger. Er saß direkt am Ausgang.

‚Wie konnte sich dieser Top-Agent in meinen Bus schmuggeln?‘ Jan war sich absolut sicher, dass der nicht mit ihm bei Grün die Straßenseite gewechselt hatte. Ohne Grün überlebte keiner bei dem Verkehr um diese Zeit die Überquerung der Reeperbahn. Eine zweite der raren Grünphasen hatte es bis zur Busabfahrt nicht gegeben. Der Sprinter musste die U-Bahnunterführung benutzt haben. Obendrein hatte er sich so platziert, dass Jan unmöglich unbemerkt aussteigen konnte. Er saß in der Falle. Er spürte eine Beklemmung im Brustkorb. ‚Was mache ich jetzt? Ich könnte beim nächsten Halt den Bus verlassen und versuchen, ihn abzuschütteln. Fragt sich nur, ob ich das als Ungeübter bei einem Profi wie diesem schaffen würde. Würde ich mich nicht dadurch erst besonders verdächtig machen? Ich könnte auch weiterfahren und hoffen, dass der Kerl vorher aussteigt.‘ Das hielt Jan allerdings für einen höchst unrealistischen Wunschtraum. ‚So viel Glück hat keiner und ich gewiss nicht.‘

Zwei Haltestellen passierte der Bus ohne Fahrgastwechsel. Bei der nächsten müsste Jan aussteigen. Der Busfahrer nahm den Fuß vom Gaspedal. Jan drückte mit feuchtem Daumen die Haltetaste. Der Gong dröhnte durch den Bus. Die Anzeigetafel ‚Bus hält‘ flammte rot auf. Der Bus bremste ab. Jan stand auf und schwankte zum Ausgang. Aus dem Augenwinkel erkannte er den noch sitzenden Spion. Die Tür schwenkte auf. Jan stieg aus und schlug den kürzesten Weg zur Wohnung ein. Er wagte nicht, sich umzudrehen. Er hörte das Zischen und Rumpeln der schließenden Bustüren. Der Dieselmotor lärmte. An der ersten Ecke stoppte Jan und lugte zurück. Sein Verfolger stapfte hinter ihm her. ‚Der ist wohl in letzter Sekunde aus dem Bus gesprungen.‘ Jan zwang sich, im normalen Tempo auf direktem Wege nach Hause zu gehen. Im Treppenhaus schwitzte er, als ob er gerannt wäre. Erst nach dem Einschalten der Wohnzimmerlampen beruhigte sich sein Atmen langsam.

36.

Dnob kehrte enttäuscht von seinem unbezahlten Einsatz heim. Es war nur einer der beiden aufgetaucht. Da war er sich ganz sicher. Er vermutete, dass der junge Mann Jan Wolewski war. Jedenfalls hatte der sich mit dem Bus nach Altona kutschieren lassen und war in der Wolewski Wohnung verschwunden. Von der Kneipe darunter war Dnob neulich in dessen PC eingedrungen. Ob der Informator ihn angerufen hatte? Wenn ja, hatte er nur abgesagt, oder hatten sie ein neues Treffen vereinbart? Das würde zu den beiden Ausgebufften passen. So wie er in der Holsten-Schwemme ausgetrickst worden war, stand für Dnob fest, einer gewieften Ratte auf die Spur gekommen zu sein. Hatte der etwa von Papas AKW genascht? Der Informator hatte es auch faustdick hinter den Ohren. Dnob hatte herausgefunden, dass dessen E-Mail-Adresse bei GMX für
Herrn St. Asi, wohnhaft in Berlin, Normannenstraße,
registriert war. Dort residierte die ehemalige Zentrale des DDR-Ministeriums für Staatssicherheit. Stasi-Witze fand Dnob auch zwanzig Jahre danach nicht komisch.

Vor drei Tagen musste er wieder den verhassten Wochenend-Bereitschaftsdienst leisten. Das hieß, achtundvierzig Stunden nüchtern in Hamburg abrufbereit sein. Wie immer hatte er sich gelangweilt. In seiner Not hatte er mit dem VSP, dem Verfassungsschutzprogramm für online Durchsuchungen, gespielt und auch Jan Wolewskis PC durchstöbert. Dabei war er auf die E-Mail vom Informator für das heutige Treffen in der Holsten-Schwemme gestoßen. Den E-Mail-Anhang mit Dr. Michael Wolewskis Aufzeichnungen hatte er neulich gefunden und begierig angefangen zu lesen. Da der Text länger als drei Seiten war, hatte er die Lektüre jedoch bald abgebrochen. Die uralten Überlegungen eines Forschers über Ratten interessierten ihn nicht. Deshalb hatte er heute gehofft, bei dem Treffen mit dem Informator Aufschlussreicheres zu erfahren. Dnob wollte durch diese eigenmächtigen Sondereinsätze bei seinen Vorgesetzten so positiv auffallen, dass er schneller in die nächste Besoldungsgruppe gestuft wurde. Doch solange er keine dienlichen Ergebnisse vorzuweisen hatte, durften die Chefs auf keinen Fall etwas von seinen verbotenen Machenschaften wissen.

Am Sonntagvormittag, vier Tage nach dem verpatzten Kneipentreffen, schnüffelte Dnob wieder in Jans E-Mails. Dort war am Abend vorher eine neue Nachricht vom Informator eingetroffen. Sie wurde noch als ungelesen ausgewiesen. Dnobs Puls erhöhte sich beim Öffnen und steigerte sich beim Lesen zum Flimmern:

```
,Hallo Jan,
habe Dich in der Holsten-Schwemme nicht ange-
sprochen, weil Du beschattet wurdest. Dass Du
gekommen bist, beweist, dass Du die ganze Wahr-
heit über Deinen Vater wissen willst. Dafür müs-
sen wir uns nicht treffen. Du findest alles hin-
ter dem Eisbrecher Stettin in der Herrentoilette
im Schellfischposten. Ein Kreuzschlitzschrauben-
zieher und der Ring der Offenbarung werden Dir
helfen.
Dein Informator`
```

Dnob kratzte sich am Kopf. Das hieße ja, dass der Informator auch in der Holsten-Schwemme gewesen war und einen weiteren Agenten entdeckt hatte. War das etwa der Wortkarge, mit dem er ins Gespräch kommen wollte? Oder hatte der Informator ihn etwa selbst als solchen erkannt? Fragen über Fragen, aber so beginnen ja alle großen Fälle. Dnob beglückwünschte sich, mal wieder den richtigen Riecher gehabt zu haben. ‚Das Glück gebührt dem Tüchtigen‘, sann er und überlegte, ‚was ist tatsächlich mit Eisbrecher, Stettin und Schellfischposten gemeint? Allein der mysteriöse Ring der Offenbarung beweist, dass die Begriffe eine verborgene Bedeutung haben.‘ Er kannte sie nur nicht. Ihm fiel auch nichts weiter ein, als die Stichwörter zu googeln und in Wikipedia zu suchen:

```
Schellfischposten = Kneipe am Hamburger Fisch-
markt
Eisbrecher Stettin = von 1933 bis 1945 in der
Odermündung im Einsatz, seit 1982 als Museums-
schiff in Hamburg
Kreuzschlitzschraubenzieher = Werkzeug
Ring der Offenbarung = Roman von Harald J. Krue-
ger
```

Für keinen dieser Begriffe fand er eine zweite Bedeutung. Damit ihm weder Jan noch etwaige weitere Mitleser zuvorkamen, sputete sich Dnob. Er suchte noch kurz auf dem Stadtplan den Schellfisch-posten und bewaffnete sich mit einem Kreuzschlitzschraubenzieher.

Als er sich dem Fischmarkt näherte, kamen ihm Besucher des sonn-täglichen Frühmarktes entgegen. Sie waren leicht zu erkennen, denn sie schleppten pralle Tüten mit Fischen oder Bananen oder Kartons mit Pflanzen. Die Händler bauten bereits ihre Stände ab.

Vor dem Schellfischposten schunkelten noch Touristen. In der maritim überladenen Kneipe dämmerten Versackte. Eine Tür zierte ein in Messing gefasstes Bullauge mit einem Toilettenschild. Dass die schmale Kellertreppe zu den Toiletten führte, roch Dnob auf der ersten Stufe. Auch hier waren die Wände mit gerahmten Schiffsfotos tapeziert. Selbst in der unlüftbaren Herrentoilette gab es keinen freien Fleck mehr. Links über dem Klorollenhalter prangte hinter Glas das braungelbliche Schwarz-Weiß-Foto des Eisbrechers Stettin, ein bulliger Dampfer mit hohem Schornstein, der schwarzen Qualm ausstieß. Der Ebenholzrahmen war mit Kreuzschlitzschrauben an der Wand befestigt. Erst jetzt bemerkte Dnob, dass alle anderen Fotos auch festgeschraubt waren. Das hielt den Schwund durch Souvenirjäger in Grenzen. Dnob verdammte den Informator für den stinkenden Ort und dankte ihm für den Tipp, einen Kreuzschlitzschraubenzieher mitzubringen. Damit löste er das Bild von der Wand. Ein gefaltetes DIN-A4 Blatt rutschte die Klowand hinunter und landete im Nassen. Dnob überwand seinen Ekel und fischte es mit spitzen Fingern heraus. Es standen nur Zahlen in drei Kolonnen gedruckt auf dem Papier:

38	5	3
5	1	4
197	16	6
122	2	6
76	14	3
25	4	2
7	1	1
8	1	5
87	4	2
22	1	4
35	4	2

und so weiter.

Die Nässe hatte zum Glück die Ziffern noch nicht verlaufen lassen. Er legte die Seite auf den Klodeckel und fotografierte sie mit seinem Handy. Die Schärfe der Nahaufnahme reichte zum Entziffern. Vorsichtig platzierte er das Blatt wieder hinter dem Eisbrecher und schraubte den Rahmen fest. Ein befriedigtes Durchatmen verbot der Fäkaliengestank hier unten.

Die Botschaft des Informators bestand nur aus Zahlen. Normalerweise leitete Dnob so etwas sofort an die Dechiffrierspezialisten weiter. Doch das wäre in diesem eigenmächtigen Fall unklug. Dnob war mal wieder sauer auf den Informanten. Wie stellte der sich das denn vor? Wie sollte denn der eigentliche Empfänger das lesen? Geheimcodes sind nur sinnvoll, wenn beide Seiten den Schlüssel kennen. Wie sollte Jan Wolewski an den gelangen? Wütend las Dnob die E-Mail noch mal durch. Der letzte Satz hatte sich bislang nur zur Hälfte bewahrheitet:

`Ein Kreuzschlitzschraubenzieher` und der Ring der Offenbarung werden Dir helfen.

Der Ring der Offenbarung hatte ihm bislang noch nicht geholfen. ‚Was ist denn eigentlich ein Ring der Offenbarung?‘ Dnob hatte noch nie davon gehört. ‚Laut Google soll es ein Romantitel sein. Aber wie soll ein Buch die Zahlen entschlüsseln?‘

Stunden später erinnerte sich Dnob des sterbenslangweiligen Theorieunterrichts. Einer der Einschläfer hatte über eine Verschlüsselungsmethode doziert, die einerseits eine der primitivsten, aber andererseits eine der sichersten sei. Sie galt als praktisch nicht knackbar. Ein Paradoxon hatte der Schlafwagenschaffner das genannt. Dabei einigen sich beide Parteien auf ein Buch. Jedes Wort der Nachricht wird durch die Seitenzahl, die Zeilenzahl und die Stelle des Wortes in der Zeile verschlüsselt. Zum Lesen schlägt man die Seite auf, zählt die Zeilen und die Wörter ab und findet das Wort. Gleiche Wörter können unterschiedlich beziffert sein. Da dieser Code auf keiner mathematischen Logik basiert, scheitern selbst die gescheitesten Computer. Dnob fühlte sich herausgefordert. ,Das Buch muss ich mir schnellstens besorgen.'

37.

An diesem Sonntag, allerdings am Nachmittag, sammelte Tina Speichel auf der Zungenspitze. Ihre ausgestreckte Zunge glitt an der Innenseite des Dreiecks entlang. Dann drückte sie mit beiden Daumen den befeuchteten Verschluss des Briefumschlags zu. Das Kuvert war an Makler Nadler adressiert und enthielt den Mietvertrag, den sie unterschrieben hatte. Der Vertrag war endlich am Samstag in zweifacher Ausfertigung eingetroffen. Es war sogar ein Grundriss der Wohnung beigefügt. Im Geiste hatte sie ihre dreieinhalb Möbelstücke unzählige Male hin und her geschoben, doch stets gezweifelt, ob der Platz reichte. Jetzt mit den Maßangaben wuchsen dem Plan Hand und Fuß.

Sie präsentierte ihn den Eltern. Ihre Mutter druckste herum und blickte den Vater hilfesuchend an. Er überwand sich schließlich: »Wir möchten eigentlich lieber dein Mädchenzimmer hier so erhalten, wie es ist. Dann hast du hier immer ein vertrautes Zuhause.«
»Aber ich brauche doch Möbel in Hamburg und nicht hier.«
»Wir möchten lieber, dass du dir für dort neue Möbel besorgst. Dann kann dein Zimmer so bleiben, wie wir es kennen.«
»Aber das kostet.«

»Das lass mal meine Sorge sein. Es ist vernünftiger, wenn du dich dort so einrichtest, wie du es jetzt brauchst und unterbringen kannst, als wenn du deine Jungmädchenmöbel mitnimmst, und wir hier irgendetwas hinstellen.«

Ihre Mutter seufzte: »Es ist auch für die Erinnerung. Wenn dein Zimmer so bleibt, fehlst du uns vielleicht nicht ganz so.« Sie schluckte und schaute zur Seite.

Ihr Vater schnaufte: »Wenn du uns hoffentlich immer mal besuchst, weißt du, wo und wie du übernachten kannst. Am besten du stellst eine Liste der Möbel und Einrichtungsgegenstände zusammen und schätzt die Kosten. Dann besprechen wir die Finanzierung. Einverstanden?«

Bevor Tina nicken konnte, fügte ihre Mutter aufgeregt hinzu: »Denk auch an die Wäsche für Bett, Bad und Küche! Willst du unser altes Geschirr und Besteck mitnehmen? Ich habe es immer für deine Aussteuer aufgehoben.«

Das altmodische Wort ‚Aussteuer‘ ließ Tina lächeln. Dadurch überwand sie ihre Sprachlosigkeit: »Das finde ich großartig. Ihr seid nicht nur sehr lieb, sondern auch vernünftig. Ich schreibe eine Liste und hake sie mit Muttis Mitgiftsammlung ab. Für den Rest suche ich im Internet die Preise.«

Zwei Stunden später stimmte Tina ihre Aufstellung mit den Eltern ab. Ihre Mutter rückte ihre gehorteten Schätze heraus. Ihr Vater rundete das verbliebene Einkaufsbudget von 3.750 Euro großzügig auf 5.000 Euro auf: »Achte auf Qualität! Wir sind nicht reich genug, Billiges mehrfach zu bezahlen.«

Selig kehrte Tina in ihr Zimmer zurück. Sie musste ihr Glück mit jemandem teilen. Ulrich, ihren Ex-Freund, rief sie lieber nicht an. Der hätte sicher nur einen grantigen Kommentar abgegeben. Bei

Jan befürchtete sie das nicht. Durch ihn hatte sie die tolle Wohnung bekommen. Allein deshalb sollte sie ihm melden, dass der Mietvertrag unterschrieben war. Etwas beklommen wählte sie seine Nummer. Das Besetztsignal ließ sie argwöhnen, dass er mit Rosa, der blöden Amerikanerin, sprach. Bei der müsste es jetzt Sonntagvormittag sein. Oder war die Zicke dem Weiberheld etwa nach Hamburg gefolgt? Tina warf sich aufs Bett und schmollte.

Fünf Minuten später klingelte ihr Handy.
Jans Stimme sprudelte munter: »Hallo Tina, du hast angerufen. Wie geht es dir? Alles klar?«
»Du klingst so fröhlich. Was ist los?«
»Rosa hat angerufen.«
»Na toll!«
»Mein Vater ist endlich in Cádiz.«
»In Spanien?«, fragte Tina überrascht.
»Genau, der Vermieter hat Rosa bestätigt, dass mein Vater den Schlüssel abgeholt hat.«
»Und wo ist Rosa?«
»In Amsterdam natürlich.« Jan wunderte sich über ihre Frage und erklärte: »Rosa war doch in Amsterdam Michaels Sprachlehrerin. Habe ich dir das nicht erzählt? Sie ist doch heimlich in meinen Vater verliebt.«
»Ach nee. Wie alt ist sie denn?«
»Fast hundert.«
»Was?« entfuhr es Tina überrascht.
Jan kicherte und ergänzte: »Frauen, die meine Mutter sein könnten, also ab Mitte vierzig, schätze ich stets auf fast hundert.«
»Na, das lass sie mal besser nicht wissen. Ab vierzig werden Frauen hinsichtlich ihres Alters immer humorloser.«

Jan lachte: »Das stimmt. Ab fünfundzwanzig darf man nicht mehr fragen. Ab fünfunddreißig muss man sie mindestens fünf Jahre jünger taxieren, damit man keine gelangt bekommt.«

Jetzt musste Tina auch lachen, zum einen über Jan aber vor allem über ihre grundlose Eifersucht. Sie erzählte ihm von dem Mietvertrag und der Hilfe ihrer Eltern für die Einrichtung.

Jan bedauerte: »Verrückte Welt, vor wenigen Wochen hat mein Opa noch für die Beseitigung seines Haushalts Geld bezahlt. Von den Sachen hättest du sicher einiges gut übernehmen können.«

Tina lachte: »Ja das falsche timing hat uns schon einiges versaut. Wenn Adam und Eva vorher die Bibel gelesen hätten, hätten sie gewiss den Apfel vom Baum der Erkenntnis verschmäht, und wir würden heute noch im Paradies leben.«

Jan juchzte: »Auf jeden Fall hätten sie sich an die Hausordnung halten sollen.«

»Ist das Haus inzwischen verkauft?«

»Der Makler hat sich noch nicht wieder gemeldet.«

»Wie geht es nun mit deinem Vater weiter?«

»Ich hoffe doch sehr, dass er mich wenigstens mal anruft.«

»Davon träumst du, seit wir uns kennen. Warum rufst du ihn nicht an?«

»Ich habe seine Telefonnummer gar nicht.«

»Dann frage doch Rosa.«

»Erst mal warte ich, dass er sich meldet.«

»Was du damit wohl gewinnst!«, entfuhr es Tina. Sie bereute ihre Spitze sofort. Sie hatte allen Grund, Jan zu danken, statt zu bekritteln. Sie war auch froh, bereits jetzt jemanden in Hamburg zu kennen. In den letzten Jahren war ihr bewusst geworden, wie schwierig es war, neue Leute dauerhaft kennenzulernen. Besonders ihr angeblich so gutes Aussehen verschüchterte junge Männer und verscheuchte potenzielle Freundinnen. Eine beschwipste Bekannte hatte ihr gestanden: ‚Welche Frau will in deinem Schatten stehen?‘

Sie selbst sah im Spiegel diverse Mängel und Schwächen.

Jans Schweigen ließ sie vermuten, dass sie ihn verletzt hatte. Rasch fuhr sie fort: »Jan, ich freue mich auf Hamburg«, leicht verzögert hauchte sie, »und auf dich.«

Jan bemühte sich, seinen Gefühlsüberschlag zu verbergen: »Lass mich wissen, wann ich dir beim Einzug helfen kann.«

»Das ist lieb.«

38.

Gleich am nächsten Morgen betrat Dnob einen Buchladen in der Innenstadt. Es war nicht das erste Mal, er konnte sich nur nicht erinnern, wie viele Jahre seit dem letzten Mal vergangen waren. ‚Der Ring der Offenbarung‘ war leider nicht vorrätig und musste bestellt werden. Dnob ärgerte sich, dass dieses mehrstöckige Bücherkaufhaus mit Tausenden von Buchtiteln ausgerechnet sein Buch nicht auf Lager hatte. Die belesen aussehende Brillenschlange versprach, es bis Donnerstag zu besorgen.

Wie angekündigt, erhielt er das Taschenbuch am Donnerstag. Am Esstisch in der Küche blätterte und zählte er. Nach und nach schrieb er ein Wort hinter das andere, eine mühselige Fleißarbeit. Um das Ergebnis besser lesen zu können, fügte er noch die fehlenden Satzzeichen wie Punkt und Komma ein. Das ergab folgenden Text:

`,Lieber Mitleser,`
`abgesehen  davon,  dass  sich  so  etwas  nicht`
`gehört, vergeudest Du auch nur Deine Zeit. Falls`
`Du   vom   Verfassungsschutz   beauftragt   bist,`
`erkläre  Deinen  Vorgesetzten,  dass  ich  unsere`
`freiheitliche  Grundordnung  sehr  schätze  und  sie`
`gegebenenfalls  wie  ihr  schützen  werde.`
`Nimm es mit Humor.`

Dnob erfüllte Scham, als ob er beim Spannen erwischt worden wäre. Diese Schmach konnte er diesmal auch nicht durch Verfassung schützenden Befehlsnotstand lindern. Zudem fühlte er sich auf den Arm genommen. Irgendwie musste der Schnösel bemerkt haben, dass sein PC durchsucht wurde. Daraufhin hatte der Spaßvogel ihn in die Holsten-Schwemme und in das Klo des Schellfischpostens gelockt. Hätte das einer gemacht, der Dreck am Stecken hat? Dnob kamen Zweifel. Er ärgerte sich, Zeit vertan zu haben, zudem noch mit verbotener Online-Überwachung. Wenn das rauskommen sollte, könnte ihn das den Job kosten. Die Auswahl der schlimmsten Kneipe in der finstersten Gegend und der tote Briefkasten im stinkenden Klo wertete er jetzt als persönliche Erniedrigungen. Obendrein hatte er noch Geld für ein Buch verschwendet. So viel Humor besitzt keiner.

Er sann auf Rache. Um sich nicht selbst zu schaden, müsste er ihm ein ganz dickes Ei anhängen. Dafür bräuchte er mehr Informationen über den Witzbold. Vielleicht könnte ihm die Geheimrat Piefke besorgen. Den hatte er bei einer Fortbildung kennengelernt. Der Baldrianer hatte damals damit angegeben, auf welche Daten er mit seinem Terminal alles zugreifen könne. Hoffentlich war das nicht nur Aufschneiderei eines Innendienstlers. Dazu neigen diese Hilfsagenten, die noch nicht einmal wissen, wie rau frische Luft riechen kann, und denen um 17:00 Uhr völlig entkräftet der Griffel entgleitet.

Dnob durchblätterte seine Telefonliste. Er erinnerte sich genau, die Nummer notiert zu haben, nur nicht unter welchem Namen. Als ‚Geheimrat‘ oder ‚Piefke‘ hatte er ihn ja wahrscheinlich nicht eingetragen. Schließlich fand er ihn. Bei ‚Gerhart Plasche‘ stand in Klammern ‚Geheimrat Piefke‘. Dnob hoffte, dass sich die Durchwahlnummer nicht geändert hatte und vor allen, dass sich der Geheimrat an ihn erinnerte.

Zur normalen Bürozeit am nächsten Vormittag tippte Dnob die Zahlenfolge ein. Nervös trommelte er mit den Fingerkuppen auf dem Tisch. Endlich meldete sich eine fipsige Stimme: »Plasche.«

»Hallo Gerhart, hier ist Dnob, erinnerst du dich? Wir waren mal zusammen auf einem Seminar im Westerwald, für das wir unser Wochenende opfern durften?«

»Klar, zum Trost haben wir ein Bier zum Frühstück gezischt.«

»Genau. Sag mal, du hast damals so über dein allwissendes Terminal geschwärmt. Hast du …?«

Geheimrat Piefke unterbrach ihn: »Der Bildschirm ist jetzt flach also nicht mehr so tief. Die Informationen aber umso tiefer und inzwischen sogar bunt.«

»Ich bin da so einem Dunkelmann auf die Spur gekommen. Seine E-Mails kenne ich. Der ist aber leider mehr der Telefonierer als der E-Mailer. Könntest du feststellen, mit wem er so telefoniert?«

»Klar, gib mir nur Name und Adresse.«

Dnob buchstabierte und fügte hinzu: »Kannst du das diskret behandeln?«

»Habe ich mir gedacht. Sonst würde doch ein ADer den bequemen Dienstweg beschreiten und sich nicht zum direkten Kontakt mit einem Innendienstler herablassen.«

»Ohne euch, kämen wir hier nicht weit«, schleimte Dnob.

»Nicht vergessen und weitersagen«, lachte Piefke, »ich rufe dich an, wenn ich was gefunden habe.«

Um ihm den Bauch zu pinseln, verriet Dnob ihm noch seine angeblich geheime Handynummer.

Während der zähen Freitagstunden bis zum dienstfreien Wochenende rieb sich Dnob erwartungsfroh die Hände wund und leckte sich die Lippen, als ob er die Süße der Rache schon schmecken könnte.

39.

Am Samstag hielt es Jan nicht mehr aus. Vor einer Woche hatte er den chiffrierten Text im Klo versteckt. Bis heute wusste er nicht, ob ihn der E-Mail-Mitleser geholt hatte. Natürlich hatte er nicht erwartet, dass der Neugierige sich mit: »Ha, ha, sehr lustig!« melden würde. Aber ein wenig mehr Gewissheit hätte Jan schon gerne. Auf dem Rückweg von seinen normalen Samstagvormittagserledigungen kehrte Jan im fast leeren Schellfischposten ein, bestellte ein Brackwasser und stieg zur Herrentoilette hinab. Das Eisbrecherfoto hing noch über dem Klorollenhalter. Die gekreuzten Schlitze der vier Schrauben standen in unterschiedlichen Positionen. Jan war sich jedoch nicht sicher, ob sie noch unverändert so ausgerichtet waren, wie er sie festgezogen hatte. Ihm blieb nichts anderes, als die Schrauben zu lösen. Ein Blatt weißes Papier rutschte an der Wand herunter. Da Jan damit gerechnet hatte, konnte er es noch schnappten, bevor es in die Urinlache um das Klo herum platschte. Er entfaltete es. Es war seine zahlenreiche Nachricht. Leider fehlte eine Bestätigung der Kenntnisnahme. Hatte er sich die Mühe umsonst gemacht? In dem Moment, als er das Papier zerknüllen und herunterspülen wollte, entdeckte er wellige, gelbliche Flecken. So verändert sich blütenweißes Schreibpapier nur, wenn es, nachdem es nass geworden war, wieder trocknet. Jan frohlockte. Der Indiskrete hatte den Eisbrecher abgeschraubt und das Papier aus der Pinkelpfütze gefischt. Das übertraf Jans wildeste Racheträume. Stilles Lachen schüttelte ihn beim Trinken des Brackwassers an der Bar. Ob der Superagent den Text tatsächlich entziffert hatte, war Jan jetzt fast egal.

Zurück in der Wohnung überprüfte Jan, ob sein Telefon inzwischen einen Anruf in seiner Abwesenheit registriert hatte. Seit einer Woche wartete er auf Michaels Kontaktaufnahme. Warum meldete sich sein Vater nicht? Vielleicht könnte Rosa helfen. Jan wählte ihre Nummer. Nach einleitendem Hallo und gegenseitigem Bestätigen des Wohlbefindens fragte Jan: »Wie geht es eigentlich Michael in Cádiz?«

»Keine Ahnung. Ich habe ihn seit seiner letzten Spanisch-Stunde in Amsterdam nicht mehr gesprochen.«

»Aber du sagtest doch, er sei in Cádiz eingetroffen.«

»Ich hatte nur mit dem Vermieter geredet. Mikes Telefonnummer kenne ich nicht.«

»Könntest du die über ihn besorgen?«

»Ich kann es versuchen.«

»Gib meinem Vater bitte meine Nummern und E-Mail-Adresse, damit er sich bei mir meldet.«

»Erinnerst du dich, was du mir versprochen hast?«

»Klar, ich werde ihm bestätigen, dass du ihn nicht verraten hast.«

»Ich rufe den Vermieter gleich mal an und melde mich danach wieder bei dir.«

Um nicht vor Ungeduld zu zappeln, wanderte Jan durch die Wohnung und rückte alles Bewegliche in vermeintlich gefälligere Positionen. An der Gardine im Wohnzimmer zupfte er so lange herum, dass sie drohte, herunterzufallen. Endlich bimmelte das Telefon.

Rosa meldete: »Der Vermieter behauptet, dass er Mikes Nummer nicht kenne. Vielleicht ist er aber auch nur einer dieser fehlgeleiteten Datenschützer. Immerhin wird er Mike ansprechen, mich wegen einer wichtigen Angelegenheit anzurufen. Wann er das Mike mitteilen kann, vermochte er nicht einzuschätzen.«

»Sag mir bitte Bescheid, wenn ihr gesprochen habt. Mich erreicht er am besten nach 18 Uhr.«

»Hoffentlich meldet er sich.«

»Dich wird Michael gewiss anrufen, allein, um wenigstens der Stimme seiner Augenweide zu lauschen. Wahrscheinlich bist du auch sein Ohrenschmaus.«

»Du bist jedenfalls genauso ein Charmeur wie dein Vater.«

So schätzte sich Jan indes ganz und gar nicht ein. Oder verkehrte Rosa sonst nur mit rüden Machos? Ahnte sein Vater überhaupt etwas von Rosas Liebe? Wenn sich Rosa auch bei Michael so um Professionalität bemüht hatte, hatte er es vielleicht gar nicht bemerkt. Falls doch, hatte der Meister der Gefühlskälte es möglicherweise bewusst ignoriert. Oder es nicht glauben können. Vorstellen konnte sich Jan eine Liebe zwischen so alten Leuten ohnehin nicht. Jedenfalls war Michael alleine von Berlin nach Amsterdam ausgewandert. Was hatte ihn dort hingezogen? Und was versprach er sich jetzt von Cádiz? Was hatte er bloß für einen rätselhaften Vater erwischt! Fast zwanzig Jahre wähnte er ihn tot. Dann war er in Berlin auferstanden. Trotz der jüngsten Informationen blieb er ein flüchtiges Schattenwesen. Da halfen auch die geheimen Aufzeichnungen über den ‚Alles Klar Wirkstoff‘ wenig. Jan sehnte sich danach, die ganze Wahrheit zu erfahren. Was hatte seine Mutter mit dem AKW vor. Wie war sie tatsächlich ums Leben gekommen? Warum war sein Vater damals aus Hamburg abgehauen? Warum hatte er sich nie gemeldet?

40.

Am Dienstagvormittag schwollen Dnobs Zweifel, ob sich Piefke noch melden würde. Der Geheimrat hatte ihm wahrscheinlich nur zum Schein Hilfe zugesagt, ihn dann aber genüsslich hängen lassen. Das wäre eine der typischen Innendienstler Gemeinheiten, womöglich noch mit Arbeitsüberlastung begründet.

Um 12:30 vibrierte sein Handy fast lautlos. Die piepsige Stimme des Baldrianers meldete sich: »Hallo Dnob, ich rufe eigentlich nur an, damit du weißt, dass ich noch dran bin. Es gibt aber kaum etwas zu berichten. «

»Erzähle es mir trotzdem.«

»Nun, die Person arbeitet seit etwas über einem Jahr als Ingenieur bei Airbus in Hamburg. Seine Adresse kennst du. Sehr gesprächig scheint er nicht zu sein. Am Samstag rief er eine holländische Handynummer an. Die gleiche Nummer rief fünf Minuten später zurück. Bei Auslandsgesprächen ist die Identifikation nur über den offiziellen Weg möglich. Das habe ich erst mal lieber gelassen.«

»Richtig, das bleibt uns immer noch.«

»Am Sonntag telefonierte die Person lange mit Teschke in Berlin. Seit dem schont er sein Telefon. Ich habe mich deshalb am Montag bei Dr. Tina Teschke mal reingehängt. Sie plant offenbar ihren Umzug nach Hamburg, denn sie telefonierte mit Möbelhäusern, Spediteuren, einem Makler und der Haushälterin des Vermieters.«

»Hast du Namen und Adresse?«

»Herta arbeitet bei Sieveking im Leinpfad 10.«

»Bist du dir bei Sieveking ganz sicher«, hakte Dnob überrascht nach.

»So hat sie sich jedenfalls gemeldet. Die Telefonnummer ist für Sven Sieveking registriert.«

Dnob triumphierte: »Ich spürte, dass da was Dickes drückt.«

»Freut mich, denn den Rest des Tages blockierte eine andere Quasselstrippe die Leitung. Wenn man der Mutti die ganze Zeit hätte zuhören müssen, hätte man abends Verstopfung.«

»Mindestens Schwielen in den Ohren. Gerhart, das hast du gut gemacht. Bleib bitte dran. Ich bin sicher, da kommt noch mehr, besonders aus dem Arsch bei Airbus.«

Dnob hütete sich, dem Baldrianer zu gestehen, dass er eigentlich nur die Verbindungsdaten erwartet hatte. Dass Piefke am Montag sogar die Gespräche mitgehört hatte, verblüffte ihn. Das hatte er technisch gar nicht für möglich gehalten.

Beglückt lehnte er sich zurück und grübelte: ‚Bei dem Flugzeughersteller Airbus wird gewiss rund um die Uhr spioniert. Die entwickeln seit Jahren einen neuen Militärtransporter. Deshalb trampeln sich dort die Agenten garantiert auf die Füße. Da der Spaßvogel mit Holland zwitschert, ist der Jungingenieur wahrscheinlich von Fokker engagiert, dem niederländischen Verkehrsflugzeugbauer.‘

Die Abwehr von Industriespionage stand zwar nicht so hoch im Kurs wie die im militärischen Bereich, brächte Dnob aber gewiss einige Pluspunkte für seine Karriere. Diese heiße Spur schürte

Dnobs Rachgier und vernebelte die Tatsache, dass Fokker vor Jahren Pleite gegangen war. Obendrein war er jetzt noch auf eine Verbindung zu Sieveking gestoßen. ‚Ob der Hamburger Promi eine Fokkermütze trägt? Oder braut sich dort etwas ganz Anderes zusammen? Will Tina bei dem Pfeffersack einziehen, um ihn zusammen mit Jan auszuplündern? Oder planen die gar eine Entführung? Für sattes Lösegeld oder die Freilassung von inhaftierten Kumpanen?' Dnobs Nase kribbelte. So viele schwelende Lunten hatte er noch nie gerochen. ‚Hoffentlich findet Geheimrat Piefke bald mehr heraus.'

41.

Am Mittwochabend stach Jan mit der vierzackigen Spitze durch den Fettrand in den Laib, um ihn zu fixieren und ein mundgerechtes Stück abzuschneiden. Er hob den Abschnitt mit der Gabel zum Mund und wollte sich den Katenschinken auf dem Vollkornbrot schmecken lassen. Da störte Telefongebimmel sein Abendessen.

Rosa meldete sich aus Amsterdam: »Eben hat mich Mike angerufen.« Sie atmete hörbar. Wahrscheinlich hatte sie das Telefonat mit ihrem Schwarm aufgewühlt.
Jan fragte so gelassen wie möglich: »Was sagt er denn?«
»Er war natürlich überrascht, dass du in Amsterdam warst, und schien erleichtert zu sein.«
»Will er mich anrufen?«
Rosa atmete tief aus: »Genau das habe ich ihn auch gefragt. Weißt du, was er geantwortet hat?« Sie verstummte, als ob sie sich zwi-

schen der Wahrheit oder Beschönigungen entscheiden musste. Dann überwand sie sich: »Er sagte, er müsse erst nachdenken.«

Jetzt schnaufte Jan: »Na, hoffentlich nicht wieder zwanzig Jahre.«

»Er hat sich jedenfalls deine Nummern notiert und weiß, dass ich dich jetzt über seinen Anruf informiere.«

»Das ist wirklich lieb von dir.«

»Jan, ich bin so gespannt, wie es zwischen euch weitergeht.«

»Ich werde dich auf dem Laufenden halten, so denn etwas läuft.«

»Vergiss nicht, ihm zu sagen, was du mir versprochen hast!«

»Du kannst dich auf mich verlassen.«

»Wir sollten jetzt Schluss machen, damit dein Anschluss nicht besetzt ist.«

Jan legte auf und starrte sehnsüchtig auf das Telefon. Doch es blieb stumm. Ungeduld trieb ihn durch die Wohnung. Bedrückt ließ er sich aufs Sofa fallen. An Essen war nicht mehr zu denken. Um 19:00 Uhr schlug die Standuhr neben ihm sieben Mal an. Dadurch wurde Jan bewusst, dass erst zehn Minuten vergangen waren. Die vier Tage, seit er zuletzt mit Rosa telefoniert hatte, kamen ihm kürzer vor. Die Woche, die er davor auf den Anruf gewartet hatte, schrumpfte zu einem Augenblick. Die langen Jahre der Ungewissheit schienen kaum länger gedauert zu haben. So verändern Erwartungen das Zeitgefühl. Minuten werden dann zu gefühlten Tagen. In nicht kontrollierbaren Schichten keimte erneut ein Schmerz, den er lange für überwunden gehalten hatte. Der Verlust der Mutter und das Verschwinden des Vaters hatten ihm die Liebe der Eltern entrissen. Die Wunde war nie wirklich verheilt. Stets hatte er sich vom Schicksal betrogen gefühlt. Die Enttäuschung quoll jetzt wieder an die Oberfläche. Jan hockte auf dem Sofa und schlang die Arme um sich, als ob er fröre. Warum quälte ihn sein Vater so? Verbitterung stieg in ihm hoch.

Das Läutwerk des Telefons ließ Jan zusammenzucken. Er richtete sich auf, hielt den Atem an und ergriff den Hörer. Bemüht nüchtern meldete er sich: »Jan Wolewski.«

»Hallo Jan, hier ist Michael.« Die Stimme klang fremd. Im Hintergrund brabbelte ein Radio oder Fernseher. Sie schwiegen. Jan schalt sich, dass er sich nicht längst überlegt hatte, was er in dieser Situation sagen sollte. Seit Wochen hatte er darauf gehofft und nun wusste er nichts zu sagen. Seinem Vater schien es ähnlich zu gehen. Endlich brach er die Stille: »Wir werden wahrscheinlich abgehört. Ich würde deshalb lieber mit dir und Horst persönlich reden.«

Jan schluckte und stammelte: »Darüber würde sich Opa gewiss genauso freuen wie ich. Ich besuche ihn immer sonntags.«

»Das heißt, du wohnst nicht mehr bei ihm?«

»Horst lebt im betreuten Wohnen in Othmarschen und ich habe eine Altbauwohnung in Altona.«

»Wenn ich den Flug gebucht habe, e-maile ich dir, wann ich komme. Schicke dann eure Adressen an den E-Mail-Absender.«

Jan hörte im Hörer lautes Knattern eines Motorrollers und war sich deshalb nicht sicher, ob sein Vater noch etwas gesagt hatte. Der Lärm entschwand. Vom Vater kam nichts mehr.

Jan sagte: »Ich freue mich. Vielleicht klappt es ja diesen Sonntag.«

»Ich komme, sobald es geht. Sprich aber bitte mit keinem darüber, auch nicht mit Horst und Rosa. Ich lege jetzt auf. Bis bald.«

Es knackte in der Leitung, bevor sich Jan verabschieden konnte. Kopfschüttelnd legte Jan den Hörer auf und platzierte den Anruf auf Platz 1 seiner Hitliste der 10 merkwürdigsten Telefonate. Sein Vater war und blieb ein Rätsel. Die dreieinhalb Sätze, die sie gewechselt hatten und deren Worte man hätte zählen können, hatten Jan immerhin offenbart, dass Michael befürchtete, abgehört zu werden, dass er ihre neuen Adressen nicht kannte und dass er zur Aussprache nach Hamburg kommen wollte. Jan belächelte, dass Michael E-Mails für sicherer hielt als Telefonate. Vertraute der Alte der neuen Technik mehr als der alten? Grinsend erinnerte sich Jan an die E-Mails des Informators, mit denen er den Mitleser reingelegt hatte.

Nun blieb ihm mal wieder nichts weiter, als auf die E-Mail seines Vaters zu warten. Um Rosa nicht auch warten zu lassen, rief Jan sie in Amsterdam an. Da er sich noch genau an ihre Worte von vorhin erinnerte, wiederholte er sie: »Eben hat mich Mike angerufen.«
»Habt ihr euch gut verstanden?«
»Wir werden uns demnächst treffen.«
Zögernd fragte Rosa: »War er bei dir auch so kurz?«
»Bei dir hätte ich das nicht gedacht.«
»Vielen Dank, dass du mich gleich informierst.«

Um die Telefonorgie zu einem glücklichen Ende zu bringen, rief Jan noch Tina an: »Eben hat mich mein Vater angerufen.«
»Mensch bin ich froh, dass ihr wieder Kontakt habt.«
Jan wollte darüber mit ihr jetzt lieber nicht weiterreden: »Du zählst sicher die Tage bis zum Umzug. Wann kann ich mich nützlich machen?«
»Am Samstag muss ich zum Abschied einen ausgeben. Sonntag gehe ich noch in Berlin zur Bundestagswahl und packe meine paar Sachen ein. Am Montag nimmt mich der Kleintransporter mit meiner Habe mit. Bis dahin sollen auch die bestellten Möbel in Hamburg eingetroffen sein.«
»Dann wäre es am besten, wenn ich am Montagabend Dübellöcher bohre und Lampen anschließe.«
»Du machst mir immer wieder unwiderstehliche Angebote.«
»Ich hoffe, das bleibt so«, erwiderte Jan kess.

42.

Am nächsten Vormittag las Dnob die Verbindungsdaten, die ihm
Geheimrat Piefke gemeldet hatte, zum zweiten Mal durch:

```
Telefonanschluss von Jan Wolewski in Hamburg
Mittwoch 23. September 2009
18:45 Anruf aus Holland
19:05 Anruf aus Spanien
19:15 Anruf nach Holland
19:25 Anruf bei Teschke in Berlin
```

Für die ausländischen Telefonnummern fehlten wieder die Namen.
Um sie wenigstens regional zu lokalisieren, tippte Dnob die Zahlen-
folgen einfach ein. Nur die letzte Stelle erhöhte er um eins. In Holland meldete sich ein Mann in Amsterdam. In Spanien keifte eine
Frau aus Tarifa. Dieses Fischerdorf fand Dnob im Internet zwischen
Gibraltar und Cádiz, in Sichtweite von Afrika. Dnob wusste, dass
von Marokko häufig Afrikaner und Drogen die Meerenge illegal
überquerten. Oft überstanden die überladenen Bötchen die unter-
schätzte Strömung nicht. Im schlimmsten Jahr wurden jeden Tag
durchschnittlich zehn Ertrunkene an die Küste gespült. Immer wieder fanden die Zöllner Hunderte Kilos Haschisch in Verstecken auf
Schiffen und Lkws. Dnob ging ein Licht auf.

Piefke hatte die Telefonate diesmal nicht mitgehört. Ab 17:00 Uhr
erlahmte einem Baldrianer jegliche Neugier. Dnob war sich trotzdem sicher, dass es um Drogentransporte ging. Aus Holland wurde

Jan der Bedarf für die nächste Lieferung gemeldet. Der wurde aus Spanien bei ihm abgefragt. Dadurch wurde eine direkte Verbindung zwischen Holland und Spanien vermieden. Jan hatte dann in Holland noch kurz den Liefertermin durchgegeben. Diese Dr. Tina Teschke hing da gewiss mit drin. Dnob hatte nämlich herausgefunden, dass ihre neue Adresse in Hamburg direkt am Leinpfadkanal lag. ‚Über die weitverzweigten Kanäle zwischen Alster und Elbe wollen die mit einem Boot die Kleinverteilung aufbauen. Unauffälliger ginge es kaum.' Das Kribbeln im Bauch überzeugte Dnob, auf die richtige Spur gestoßen zu sein. Alles passte schlüssig zusammen. Er beschloss, Jans E-Mails wieder regelmäßig zu lesen. ‚Oder telefoniert der Jungingenieur jetzt lieber, wo er weiß, dass seine E-Mail-Korrespondenz überwacht wird?'

Lustlos widmete sich Dnob der bezahlten Arbeit. Die ermattete ihn so wenig, dass er abends noch munter Jan Wolewskis E-Mail-Briefkasten durchforsten konnte. Sein Eifer wurde üppig belohnt.

Um 17:33 Uhr war vom Absender Juan-Carlos@hotmail.com die Nachricht eingetroffen:

‚Hallo Jan,
am Sonntag 27. September 2009 komme ich um 11:00 Uhr zu Horst. Herzliche Grüße Michael'

Um 18:14 Uhr wurde eine E-Mail von Jan an den Absender gesendet:

,Hallo Michael,
freue mich auf das Treffen bei Horst,
Feuerbachstr. 29, Wohnung 17.
22607 Hamburg
Herzliche Grüße
Jan
Kleine Brunnenstr. 43
22765 Hamburg`

Dnob jubelte. Um bei dem konspirativen Treffen wenigstens mithören zu können, müsste er bereits morgen, am Freitag, Horst in seiner Wohnung besuchen, und den Sonntagvormittag opfern. Dafür versprach der Einsatz reiche Beute. Bei persönlichen Besprechungen erfuhr er meistens mehr als durch Telefon und E-Mails. Besonders beim flotten Dreier erregen sich einige so hemmungslos, dass Dnob auf reizvolle Erkenntnisse hoffen konnte.

43.

Als Jan am Sonntag an der Wohnungstür seines Opas klingelte, öffnete ein fremder Mann. Er sah dem schwarz-weißen Radarblitzfoto nur entfernt ähnlich. Die rehbraune Wildlederjacke war nicht zugeknöpft. Der hellblaue Hemdkragen stand auch offen. Der Hosenschlitz der dunklen Hose war aber geschlossen. Die Größe entsprach ungefähr Jans. Obwohl ihm einige Haare fehlten, wog er ein paar Kilo mehr. Der Mitte Fünfzigjährige hielt den rechten Zeigefinger senkrecht über die gepressten Lippen. Diese strenge Geste passte nicht zu seinem freundlich grinsenden Gesicht. Mit der anderen Hand winkte er Jan in die Wohnung. Sobald die Tür geschlossen war, wurde Jan von dem leicht Ergrauten eine Pappkarte in die Hand gedrückt. Das steife DIN A5 Papier kannte Jan. Er hatte es für Horst neben dem Telefon gestapelt, damit sich Opa Notizen machen konnte. Der Text war groß und deutlich in Druckbuchstaben geschrieben, vermutlich mit dem Filzschreiber, den er daneben bereitgelegt hatte. Jan las:

,Wir werden sehr wahrscheinlich abgehört. Lass uns deshalb hier nicht über meine Vergangenheit und unsere Zukunft reden. Das holen wir später nach.'

Jan nickte und schluckte. Er musste sich räuspern, um sprechen zu können. Ein leichtes Stottern konnte er nicht verhindern: »Darf ich wenigstens fragen, ob Sie … äh, du … Michael bist?«
»Ja mein Junge, lass dich umarmen.«
Sie umklammerten sich. Ihre Oberkörper pressten aneinander. Ihre Hände ruhten auf den Schulterblättern. Jan spürte ein Zittern in sich aufsteigen. Beim Versuch, es zu unterdrücken, bemerkte er, dass sein Vater ebenso bebte. Jan ergab sich der Gefühlsaufwallung und hoffte, mit trockenen Augen davonzukommen. Er atmete tief aus. Ihm fiel auf, wie sich ihre Atmung erst synchronisierte und dann normalisierte. Sie hielten sich noch einen Moment an den Oberarmen fest und schauten sich an.
Michael strahlte: »Mensch, aus unserem kleinen Janny ist ja ein richtiger junger Mann geworden. Gut siehst du aus.«
Jan wusste nichts zu sagen. Ihn erinnerte diese typische Ansage der Alten an seine Kindheit und Jugend. Er hatte das so oft von so vielen

179

gehört, dass es ihm wie ein Begrüßungsritual vorkam, das auch ohne hinzugucken oder für Verwachsene zu äußern war.

Aus dem Wohnzimmer rief Horst: »Ist Petra jetzt auch gekommen?«

Michael und Jan erstarrten, blickten sich kurz an und senkten betroffen den Blick. Jan hatte den Eindruck, dass sein Vater mehr geschockt war als er selbst. Für Michael war es wahrscheinlich der erste miterlebte Aussetzer seines Vaters. Andererseits kannte er Michaels Mimik erst seit wenigen Minuten. Jan eilte in das Wohnzimmer und begrüßte Horst: »Hallo hier ist dein Enkel Jan. Deine Schwiegertochter Petra ist seit neunzehn Jahren tot. Wie geht es dir heute?«

»Wir haben Besuch. Eine Riesenüberraschung!«

Michael und Jan nahmen auf dem Sofa Platz. Horst blieb in seinem Sessel sitzen und wandte sich an Michael: »Du bist sicher wegen der Bundestagswahl gekommen. Wir müssen nachher auch noch unsere Stimmen abgeben.«

Jan berichtigte ihn: »Ich habe auf dem Weg hierher in Altona gewählt.«

Horst feixte: »Hoffentlich richtig! Zwei Amtsperioden hintereinander kann sich keine Volkswirtschaft die Sozialisten leisten.«

Michael erkundigte sich: »Horst, warum nutzt du nicht die Briefwahl?«

»Ich bin doch nicht behindert.«

Jan erklärte: »Du kannst deine beiden Kreuze machen, wenn wir zum Essen gehen. Das Wahllokal ist auf dem Weg zum Italiener.«

Horst alberte: »Komisch, in allen Lokalen gibt es etwas zu Essen, nur nicht in den Wahllokalen.«

Jan schlug vor: »Wenn die Parteien dort kleine Leckereien anböten, könnten sie vielleicht einige noch umstimmen.«

»Das wäre auch ein belebendes Rezept gegen die Wahlmüdigkeit«, gab Michael zu bedenken. Als das Gelächter vorüber war, erkundigte er sich: »Was ist aus dem Haus in Hamburg-Lurup geworden?«

»Das versucht Jan, zu verhökern.«

Jan berichtete: »Das Haus ist seit sieben Wochen auf dem Markt. Bei der augenblicklichen Krise wird der Verkauf noch einige Tage dauern. Wir wollen es ja auch nicht an Schnäppchenjäger verschenken.«

Michael fragte Horst: »Hast du dich hier gut eingelebt?«

Horst nickte: »Ich könnte höchstens bemeckern, dass ich mich um nichts mehr kümmern muss. Die machen hier alles für einen. Am Freitag kam sogar einer zum Reinigen des Telefons. Das sei aus hygienischen Gründen notwendig. Der hat dann auch noch den Rauchmelder an der Wohnzimmerdecke installiert. Das sei jetzt Vorschrift.«

Jan fiel auf, dass Michael erbleichte und nervös die Hände knetete. Seine Beine begannen zu wippen. Dann sprang er auf, gab Jan ein Zeichen ihm zu folgen und verkündete: »Ich habe etwas im Auto vergessen. Jan, hilf mir bitte beim Tragen.«

Michael eilte aus der Wohnung, Jan holte ihn erst an der Haustür ein.

»Was ist denn los? Bist du wirklich mit einem Wagen hier?«

Sie verließen das Haus. Michael schaute auf der Straße in beide Richtungen. Er wirkte gehetzt: »Ich ahnte es. Die haben das Telefon im Schlafzimmer verwanzt und einen als Rauchmelder getarnten Abhörsender an die Wohnzimmerdecke geschraubt. In irgendeinem der hier parkenden Fahrzeuge sitzt garantiert einer mit einem Ohrhörer.«

Jan zuckte mit den Achseln: »Das macht doch nichts.«

»Ich haue ab.« Michael griff in die Innentasche des Jacketts und übergab Jan einen Briefumschlag: »Wir treffen uns in drei Wochen in Frankfurt in der Lobby des Airport-Hotels Sheraton. Ich habe dir die Daten für Hin- und Rückflug aufgeschrieben. Kaufe dir das Ticket möglichst spät am Schalter und bezahle bar.«

»Aber warum ...?«, stammelte Jan.

»Das besprechen wir dann. Ich muss weg. Nicht online buchen! Nicht mit Karte bezahlen! Bitte!« Er drehte sich um und schritt in Richtung S-Bahnhof. Jan schaute ihm nach und hoffte, er würde sich wenigstens noch einmal umdrehen. Jan wartete vergebens, bis der Rücken in der Querstraße verschwand.

Kopfschüttelnd grimmte er, dass sich Michael nicht einmal von Horst, seinem eigenen Vater, verabschiedet hatte, und das beim ersten flüchtigen Besuch nach fast zwanzig Jahren!

Wie benommen klappte er den Briefumschlag auf und sah mehrere 50-Euro-Scheine und einen Zettel. Er steckte das Kuvert ein und wollte zurück in die Wohnung. Doch er besann sich und schlenderte an den parkenden Pkws entlang. Die ersten fünf Wagen waren leer. Im sechsten, ein schlammfarbener Ford Fiesta oder Opel Siesta oder Asia Tarnada, saß jemand am Steuer hinter einer aufgeschlagenen ,Bild-am-Sonntag‘ verborgen. Jan schlug einen Bogen und kehrte auf der Beifahrerseite zu diesem Tarnwagen zurück. Er beugte sich zum Fenster. Dem Zeitungsleser baumelte ein dünnes Kabel aus dem Ohr. Jan klopfte an die Scheibe. Der Sportsfreund zuckte zusammen, senkte die Zeitung und starrte Jan an. Jan erkannte ihn trotz der vor Überrumplung entstellten Gesichtszüge. Es war der Bräunling aus der Holsten-Schwemme, der E-Mail-Mitleser. Jan nickte ihm freundlich zu, tippte mit den Fingerspitzen der rechten gestreckten Hand an seine Schläfe und zog sie schwungvoll nach oben, der klassische Abschiedsgruß eines Tankwarts, der allzeit gute Fahrt wünscht, die nette Version des militärischen Grußes. Jan wartete nicht auf eine Reaktion, sondern wanderte zurück zum Heim.

Sein Opa stand erwartungsvoll an der Wohnungstür: »Wo hast du denn Michael gelassen?«
Jan erklärte bewusst lauter als notwendig: »Der will noch den Spanner verprügeln, den er draußen erwischt hat.«
Horst nickte verdutzt und schlurfte mit Jan zurück in das Wohnzimmer.

44.

Dnob hatte nach der stummen Begrüßung durch Jan vor Wut die Zeitung zerknüllt und neben sich auf den Beifahrersitz geschmissen. Wenn man ihn nicht hätte sehen können, hätte er hineingebissen. Als er jetzt noch hörte, dass er als Spanner beleidigt wurde, wollte er lieber nicht abwarten, ob tatsächlich noch jemand tätlich werden würde. Er brach deshalb diesen sonntäglichen Privateinsatz ab und brauste in Brass nach Hause. Da er sicher war, dass ihn keiner hören konnte, brüllte er immer wieder: »Was für ein respektloser Rüpel! Was für eine unerhörte Unverschmähtheit, mich als Spanner zu verleumden!«
An jeder roten Ampel würgte er beidhändig das Lenkrad. Immerhin konnte er dadurch in seiner Wohnung wieder einigermaßen vernünftig denken. Dieser Fall entwickelte sich so völlig anders als alle vorherigen. Und das ausgerechnet bei seinem ersten eigenen. Selbst wenn es mal passierte, dass eine Zielperson eine Überwachung bemerkte, war nie so reagiert worden. Üblicherweise wurden die

Kommunikationswege und Treffpunkte geändert oder die Personen tauchten einige Zeit unter. Aber bei diesem Frechdachs und seiner Bande versuchten die das noch nicht einmal. Die e-mailten und telefonierten munter weiter, als ob es ihnen egal wäre, dass er alles mitbekam. Je mehr Dnob darüber nachdachte, desto mehr bezweifelte er, dass sich Böse so verhalten würden. Noch nie hatte es ein Observierter gewagt, ihn zu demütigen. Er hatte es aber auch noch nie mit einem Guten zu tun gehabt.

<h2 style="text-align:center">45.</h2>

Am Montagmorgen diskutierten Jans Kollegen über das Ergebnis der Bundestagswahl. Da die Sitzverteilung nur ungefähr der letzten Meinungsumfrage entsprach, mutmaßte Jan: »Einige haben geschummelt. Sonst hätte die Prognose durch die Auszählung doch genauer bestätigt werden müssen. Angeblich reichen wenige Tausend Befragungen für eine exakte Vorhersage.«

Ein sparsamer Familienvater schlug vor: »Da fragt man sich, ob der ganze Aufwand, sechzig Millionen Stimmzetteln händisch auszuzählen, nicht ein Luxus ist, auf den eine überschuldete Demokratie verzichten sollte. Mit Telefonvoting, wie im Fernsehen bei ‚Deutschland sucht den Superstar‘, hätte man stattdessen sogar noch Geld in die leeren Kassen scheffeln können.«

Sein älterer Kollege gab lachend zu bedenken: »Dann hättest du aber gewiss nicht gewählt, um die fünfzig Cent für den Anruf zu sparen. Viel objektiver wäre doch, wenn der Wahl-O-Mat im Internet zum Einsatz käme.«

Da ihn einige um ihn herum fragend anschauten, erklärte er: »Im Internet gibt es ein Programm. Das stellt drei Dutzend aktuelle, politische Fragen. Man klickt seine Meinung auf die Felder ‚ja‘, ‚nein‘ oder ‚egal‘. Die Antworten werden mit den offiziellen Parteiprogrammen abgeglichen. Daraus wird dann die Partei mit der größten Übereinstimmung ermittelt.«

Abends diskutierten Tina und Jan über die Höhe des Garderobenspiegels und die Wattzahl der Badezimmerleuchte. Er bemerkte: »Du hast ja noch klassische Glühlampen. Das spricht für deine Propagandaresistenz.«

»Ich hoffe einfach, die Welt hält noch länger, wenn ich die Energiesparenden erst kaufe, nachdem meine vorhandenen Energiefresser nicht mehr leuchten. Billiger ist es wahrscheinlich auch noch.«

»Diese ketzerische Überlegung darf bei der Rettung der Welt keine Rolle spielen. Brüssel wird gewiss demnächst ein entsprechendes Denkverbot erlassen.«

Tina lachte. Nach einer Stunde war das letzte Dübelloch gebohrt. Alles hing festgeschraubt an Decken und Wänden. Tina holte Hasenbrot aus dem Kühlschrank. Die Stullen hatte Tinas Mutter ihr mitgegeben, damit ihre Kleine wenigstens nicht am ersten Tag Hunger litt. Tina servierte den Rest auf zwei Tellern und entschuldigte sich etwas verlegen: »Ich wünschte, ich könnte dich besser bewirten. Verdient hättest du es alle Mal. Aber am Umzugstag gelten andere Prioritäten und Regeln.«

Jan griff hungrig zu und stellte fest: »Eine Regel hast du offensichtlich besonders gut beherzigt. Deine Wohnung ist nach wenigen Stunden gemütlicher als meine nach einem Jahr.«

»Fehlen bei dir auch noch Gardinen und Blumen?«

»Wenn ich wüsste, was fehlt, hätte ich es längst besorgt.«

»Da bin ich ja gespannt.«

Jans Herz hüpfte über diese Bemerkung. Sie ermutigte ihn, vorzuschlagen: »Damit du dich heute Nacht nicht alleine vor den fremden Geräuschen graust, bleibe ich lieber bei dir.«

Tina gluckste: »Ich bin so erschöpft von der ungewohnten Schlepperei und Rennerei. Ich schlafe bestimmt ein, sobald ich liege. Grausige Geräusche werde ich gewiss nicht hören.«

»Falls dir doch bange wird, rufst du mich einfach an. Dann komme ich sofort und beschütze dich.«

Tina nickte dankbar lächelnd.

46.

Drei Wochen später döste Dnob einem dienstfreien Wochenende entgegen. Diese Stunden am Freitagnachmittag bis zur Ablösung dauerten eindeutig am längsten. Als sein Handy klingelte, befürchtete er, dass seine Ablösung eine Verspätung ankündigen wollte. Stattdessen fistelte Geheimrat Piefke: »Da du dich seit Wochen nicht mehr gemeldet hast, erlaube ich mir, dich mal kurz mit zwei Nachrichten zu stören. Eine schlechte für dich und eine gute für mich. Welche willst du als erste?«

»Immer erst die schlechte, egal für wen.« Er knirschte mit den Zähnen, weil er vergessen hatte, Piefke zu informieren. Dnob hatte den Fall vor drei Wochen abgeschlossen, da sich der schreckliche Verdacht bestätigt hatte, dass er es bei den Wolewskis nicht mit richtig Bösen zu tun hatte. Wie sollte er mit denen je Punkte sammeln können? Mit denen drohte eher Ärger als Ehre.

Geheimrat Piefke bedauerte: »Jan Wolewski telefoniert nur noch mit Fräulein Doktor aus Berlin. Immer nur abends, wahrscheinlich, damit ich nicht mithören kann.«

Dnob lästerte: »Raffiniertes Pack! Du kannst die Sache erst mal abbrechen. Und die gute Nachricht?«

»Ab Montag habe ich zwei Wochen Urlaub.«

»Toll, was hast du vor?«

»Wildwasserfloßfahrt in den Rocky Mountains.«

Dnob verbiss sich, seine Überraschung laut werden zu lassen. Er hatte eher an eine Liegestuhlkur auf der schwäbischen Alp gedacht. Als er sich gefangen hatte, wünschte er: »Gute Erholung und vergiss nicht ein zweites Paar trockene Socken einzupacken.«

47.

Der Briefumschlag, den ihm sein Vater bei dem Kurzbesuch zugesteckt hatte, enthielt vier fünfzig Euroscheine und folgende Anweisungen:

```
Sonntag, 18. Oktober 2009 Lufthansa
07:10 ab Hamburg 08:25 an Frankfurt
14:00 ab Frankfurt 15:00 an Hamburg
Treffen in der Lobby des Sheraton Airport
Hotels.
Bitte spät offline buchen, bar bezahlen und kei-
nem verraten!
Freue mich auf Dich.
```

Jan konnte über seinen Vater nur wieder den Kopf schütteln. So früh am Sonntag aufzustehen, war vergleichsweise noch harmlos. Aber das Treffen hielt er für knapp bemessen, angesichts der Kosten und vor allem der jahrzehntelangen Funkstille. Über die Geheimhaltungsinstruktionen wunderte sich Jan nicht mehr. Es hätte ihn überrascht, wenn sie gefehlt hätten.

Damit diese Zusammenkunft nicht wieder vorzeitig abgebrochen würde, erwähnte Jan sie in keinem persönlichen Gespräch, in keinem Telefonat und schon gar nicht in E-Mails. Er fühlte sich nämlich inzwischen schuldig am Scheitern des ersten Treffens. Er hätte ihn bei ihrem ersten Telefonat vor dem E-Mail-Mitleser warnen müssen.

Um nicht wieder in verlegene Sprachlosigkeit zu verfallen, überlegte sich Jan während des Flugs, in welcher Reihenfolge er seine Fragen stellen wollte. Beim Verlassen des Flugzeugs im üblichen Schneckentempo überkam Jan eine gespannte Unruhe. Die kilometerlange Wanderung durch die Flughafengänge wirkte kaum beruhigend. In der kathedralengroßen Ankunftshalle lenkte ihn die Suche nach dem Hotelzugang etwas ab. Schließlich überquerte Jan die Zufahrtsstraße in einer verglasten Brücke und betrat die halbdunkle Hotellobby. Er war überrascht, wie viele Menschen sich hier am Sonntagmorgen kurz vor 9 Uhr aufhielten. Sie standen vorwiegend in Grüppchen mit Gepäck und schienen zu warten. Die meisten Plätze auf den Sofas waren besetzt. An der Rezeption vor der hinteren Querwand wuselte es. Jan stellte sich mit dem Rücken vor die Säule in der rechten Ecke und strich mit den Augen über die Gesichter. Viele sahen fremdländisch aus. Seinen Vater entdeckte er nicht. Falls Michael bereits eingetroffen war, könnte er entweder einer der Männer sein, die Jan nur von hinten sah, oder er hielt sich im vorderen Bereich auf, den Jan von hier nicht überblicken konnte. Jan war sich sicher, selbst gut erkennbar zu sein. Mehrmals wanderte sein Blick von Kopf zu Kopf. Dann bahnte er sich den Weg zu der Ecksäule diagonal gegenüber. An der Bar dort saßen nur wenige Gäste.

Links davor in Fensternähe standen sich paarweise Ohrensessel an kleinen runden Teetischen vis-à-vis. Wieder schaute Jan allen älteren Männern ins Gesicht, soweit sie überhaupt sichtbar waren. Die hohen Rückenlehnen und hochgehaltene Sonntagszeitungen verbargen viele. Jan fragte sich, ob Michael ihn bemerkt hatte, sich aber noch versteckte, um etwaige Beschatter zu entdecken. Das wäre typisch für den Scheuen. Ob er heute auch abhauen würde, wenn ihm einige Visagen oder Verhaltensweisen gar zu verdächtig erschienen? Jan entschied, hier lieber gut sichtbar zu warten, als weiter umherzuirren. Von der Bar dufteten Kaffeearoma und frischgebackene Croissants herüber. Das weckte Jans Hungergefühl und steigerte seine Ungeduld. Er zwang sich, nochmals sämtliche Gesichter zu prüfen. Ganz in der Nähe senkte sich eine aufgeschlagene Zeitung so weit, dass er seinen Vater erkannte. ‚Hat Michael etwa wie in Witzfilmen ein Guckloch ins Papier gebohrt?‘

Ihre Blicke trafen sich. Michael nickte zu dem freien Sessel vor ihm. Jan schnaufte erleichtert und steuerte den zugewiesenen Platz an. Er versank in dem englischen Ledersessel. Sie saßen sich gegenüber und strahlten sich zunächst schweigend an. Dann begannen sie zugleich zu sprechen und brachen lachend ab. Michael gab Jan mit der rechten Hand den Vortritt.

Jan schlug vor: »Da ich befürchten muss, dass du heute wieder vorzeitig verschwindest, möchte ich als Erstes meine dringendsten Fragen loswerden.«

Michael nickte.

»Ich habe deine Notizen zum AKW gelesen.«

»Tatsächlich? Das war sicher nicht einfach. Damals waren die Floppy-Disketten die modernste Technik. Keiner ahnte, dass sich die Datenspeichertechnologie so rasant entwickeln würde. Dagegen sind leider die Fortschritte bei der Stromspeicherung minimal. Sonst würden wir längst mit Elektroautos fahren. Wie bist du an den Inhalt der Floppys gekommen?«

»Ein alter Computerfreak vom Chaos Computer Club hat mir geholfen, den Text zu konvertieren.«

Michael stöhnte: »Haben die jetzt etwa auch die Daten?«

»Keine Sorge, der Typ hat nichts gespeichert. Als ich die Disketten bei ihm abholte, versicherte er mir, dass er alles gelöscht habe, nachdem er kontrolliert hatte, dass der Text lesbar ist. Du hast ja zum Glück gleich im ersten Satz geschrieben, dass es sich um eine Art persönliches Tagebuch handele. Diesem Hackerverein geht es ja insbesondere um Diskretion und Datensicherheit. Klar, dass die damit bei sich selbst anfangen.«

Michael schniefte: »Hoffentlich!« Die Sorgenfalten verrieten seine Zweifel.

Jan fuhr fort: »In diesem Zusammenhang frage ich mich, da du doch so um Geheimhaltung besorgt warst, ob du in den Visicalc-Tabellen die exakte Rezeptur für den AKW preisgegeben hast.«

»Nein, natürlich nicht. Die könnte nur ein fleißiger Experte austüfteln, wenn er die Pharmelli Versuchsprotokolle zusammen mit meinen Aufzeichnungen Schritt für Schritt überprüfen und korrigieren würde. Ganz ausschließen wollte ich das nicht.«

Jan nickte und begeisterte sich: »Was für eine sensationelle Entdeckung, dein AKW! Mit dieser Schlaukopfsubstanz hast du einen uralten Traum der Menschen verwirklicht. Ist heute bei dir immer noch alles so klar wie damals vor zwanzig Jahren oder hat sich das wieder normalisiert?«

»Mir ist keine Veränderung aufgefallen. Was aber kein wissenschaftlicher Beweis ist, sondern eher ein subjektiver Wunschtraum.«

»Du erwähnst zum Schluss, dass Mutti etwas mit dem AKW vorhatte. Was war das? Und konnte Petra das noch verwirklichen?«

Michaels Augenlider flatterten. Sein Blick hastete über die Personen neben und hinter Jan. Dann flüsterte er: »Achte bitte auf die Leute, die ich von hier nicht sehen kann. Siehst du einen Lauscher hinter mir?«

»Da sitzt keiner in Hörweite.«

»Gib mir ein Zeichen, wenn dir etwas verdächtig vorkommt.«

Jan nickte.

Sein Vater schloss kurz die Augen, als ob er sich konzentrieren oder überwinden musste. Er holte tief Luft und begann: »Du warst damals noch zu jung und hast das Ende des Kalten Krieges nicht mitbekommen. Man bezeichnete diese Zeit wahrscheinlich nur so, weil sie gleich nach dem Zweiten Weltkrieg, dem heißen Krieg, begann. Tatsächlich befürchteten die Menschen jahrzehntelang, dass aus dem Wettkampf zwischen dem Kommunismus des Ostens und dem Kapitalismus des Westens wieder ein Krieg entstehen könnte. Beide Seiten vergeudeten Unsummen im Wettrüsten und häuften absurde Mengen an Vernichtungswaffen an. Ein heißer Krieg endet von einem Tag auf den anderen durch Kapitulation oder Waffenstillstand. Um einen kalten Krieg zu beenden, muss Vertrauen aufgebaut werden. Das dauert lange. Selbst heute, nach zwanzig Jahren, beäugen sich beide Seiten noch kritisch, verzichten aber weitgehend auf die alten Drohgebärden. Der Umbruch begann Mitte der Achtzigerjahre, als Michail Gorbatschow Generalsekretär der kommunistischen Partei der Sowjetunion wurde. Durch ihn wurden zwei russische Wörter auch im Westen bekannt, ‚Glasnost‘ und ‚Perestroika‘ (Offenheit und Umstrukturierung). Kurz nachdem er dann auch noch Staatspräsident wurde, verkündete er zwei Ungeheuerlichkeiten: erstens das Ende der Breschnew Doktrin. Das bedeutete, dass die osteuropäischen Staaten ihre Staatsform nun selbst bestimmen konnten und aus der Sowjetunion aussteigen konnten. Und zweitens, dass er sich einseitige Abrüstung vorstellen könnte. In dieser Umbruchphase geriet auch die DDR ins Wanken. Ungefähr ein Dreivierteljahr, bevor dann schließlich die Berliner Mauer fiel, erfuhr Petra zufällig, dass ...«

Ein Kellner unterbrach Michael, indem er fragte, was er servieren solle. Sie entschieden sich für Kaffee. Jan bestellte sich ein Croissant dazu.

Sein Vater erzählte weiter: »Irgendwie erfuhr Petra, dass unser damaliger Bundeskanzler, Helmut Kohl und seine Frau Hannelore das Ehepaar Gorbatschow zum Mittagessen privat bei sich zu Hause erwarteten. Deine Mutter hielt das für eine historische Gelegenheit. Um sich auf kontroverse Telefonate mit Frau Kohl und ihrem Team vorzubereiten, übte Petra mit mir stundenlang die Dialoge. Ich spielte den Advocatus Diaboli. Du glaubst nicht, wie hartnäckig und überzeugend deine Mutter sein konnte. Es gelang ihr nach einigen Anrufen, mit Frau Kohl persönlich zu telefonieren. Dabei hob sie die weltpolitische Bedeutung dieses Mittagessens hervor und bat, ihrerseits einen bescheidenen Beitrag dafür leisten zu dürfen. Als Hausfrau könne sie sich vorstellen, wie viel Arbeit solch ein Besuch für die Herrin des Hauses mit sich bringe. Fachkundige Hilfe ist in dieser Situation willkommen. Da sie sich als Biologin auf duftende Rosen spezialisiert hatte, bot Petra an, sich um den Blumenschmuck der Festtafel zu kümmern. Schließlich akzeptierte Frau Kohl Petras Vorschlag. Sie stimmten sich noch wegen Farbe und Größe des Rosenstraußes ab und verabredeten, wann sie ihn bringen sollte. Petra stellte den Tafelschmuck mit ihrer genoptimierten Züchtung auf der Basis von Gertrude Jekyll´s Rosen und der Gloria Dei zusammen. Der Duft war so verlockend, dass man an den Blüten riechen *musste*. Kurz bevor Petra den Strauß ablieferte, bestäubte sie ihn mit dem AKW. Bei der Übergabe an die Wachmannschaft empfahl Petra ihnen, den Ehrengästen den Vortritt beim Schnuppern zu lassen. Am nächsten Tag rief Frau Kohls Sekretärin bei Petra an, um sich zu bedanken. Sogar den beiden Männern, den sonst eher

192

unsensiblen Riechern, war der betörende Duft aufgefallen. Alle hatten sie daran geschnüffelt und waren des Lobes voll. Hannelore Kohl hatte ihnen von Petras Beitrag erzählt. Raissa Gorbatschow hatte Hannelore daraufhin ausdrücklich darum gebeten, sich auch in ihrem Namen zu bedanken. Petra war selig. Du kannst dir vorstellen, wie aufmerksam wir die Nachrichten verfolgten. Einige Monate später trafen sich die beiden Staatsmänner wieder zum privaten Gedankenaustausch, diesmal in Gorbatschows Datscha. Was in dieser Zeit des Umbruchs hinter den Kulissen tatsächlich geschah, wissen wir nicht. Doch die Ergebnisse sprachen für sich. Kohl gelang es, die westlichen Regierungschefs zu überzeugen, dass ein wiedervereinigtes Deutschland keine Gefahr für sie darstelle. Gorbatschow gelang es, die russischen Hartliner ruhig zu halten, als die DDR im Rahmen der deutschen Wiedervereinigung NATO-Mitglied wurde. Damals stand so viel auf der Kippe. Darüber redet heute keiner mehr. In den Medien wird immer nur herausgestellt, dass die friedlichen Demonstrationen in Leipzig und Ostberlin die DDR zu Fall brachten. Ich will die Bedeutung dieser Massenproteste nicht infrage stellen, aber ohne die beiden besonnenen Persönlichkeiten, hätte das alles auch böse enden können. Letzte Zweifel, ob der AKW tatsächlich eine Rolle gespielt hat, ...«

Michael hielt inne, bis der Kellner zwei Tassen und den Teller mit dem duftenden Gebäck serviert hatte.

Dann fuhr er fort: »Unsere letzten Zweifel beseitigte Helmut Kohl mit seinem 10-Punkte-Programm zur Wiedervereinigung. Als er diese wohldurchdachten Thesen im Bundestag verkündete, waren alle tief beeindruckt. Das ging weit über das hinaus, was man von einem Politiker hätte erwarten können. Erst Jahre später wurde bekannt, dass er das mit Hannelore alleine verfasst hatte.« Michael verstummte.

Als Jan sich gefasst hatte, stammelte er: »Dann hat Mutti mit deinem ,Alles Klar Wirkstoff' in ihrem Blumenstrauß das Schicksal der Welt beeinflusst. Das erinnert mich an die griechische Sage vom trojanischen Pferd. In diesem Fall war es ein trojanischer Strauß, in dem keine Soldaten, sondern der Schlaukopfwirkstoff verborgen war. Der hatte allerdings keinen Überraschungsangriff ermöglicht, sondern die Welt befriedet.«

Michael senkte nickend den Blick. Beide hingen ihren Gedanken nach.

»Habt ihr den AKW später noch mal eingesetzt?«

Michael schüttelte den Kopf.

»Nächste Frage: Was weißt du über Muttis Tod?«

Michael atmete tief durch: »Seit ihrer Rosenlieferung bei den Kohls bemerkte Petra, dass sie beschattet wurde. Im Gegensatz zu mir berichtete sie mir sofort davon. Auch ich wurde jetzt wieder überwacht. Wir erzählten uns, was uns aufgefallen war, und mutmaßten, über die Hintergründe. Wir beschlossen, es einfach zu ignorieren. Ich weiß nicht, ob die Dunkelmänner deshalb immer ungenierter agierten oder ob sich die Geheimdienste gegenseitig aufschaukelten.«

»Wie meinst du das?«, fragte Jan.

»Nun, die beschäftigen doch garantiert Maulwürfe, von denen sie erfahren, wen die andere Organisation ausspäht. Um nichts zu verpassen, überprüfen sie dann selbst die Zielperson. Das heißt, wenn der deutsche Verfassungsschutz die Wolewskis observiert, erfährt das der russische Geheimdienst bestimmt bald. Die fangen dann selbst an zu recherchieren. Das wird der amerikanischen CIA nicht entgehen. Wenn dann die Deutschen rausbekommen, dass die Russen und die Amerikaner uns auf dem Kieker haben, bestärkt sie das, dranzubleiben. Da keiner etwas findet, auch nicht bei den anderen Organisationen, vermuten sie alle, dass es um eine topsecret Angelegenheit geht. Auf jeden Fall kümmerten sich immer mehr Spione um uns und bemühten sich immer weniger, nicht aufzufallen. Als Petra mit ihren Eltern im Harz tödlich verunglückte, war ich überzeugt, dass die Agenten dahinter steckten. Der Lkw-Fahrer, der hinter ihr fuhr, behauptete zwar, Petra hätte bei der Tunnelausfahrt so scharf gebremst, dass ihr Wagen auf der vereisten Brücke ins Schleudern geriet, dabei das Geländer durchbrach und in den Abgrund stürzte. Damals habe ich ihm nicht geglaubt. Ich hielt seine Aussage für gekauft oder erpresst. Wenn du nicht Schnupfen gehabt hättest, wärest du mitgefahren. Daran muss ich immer wieder denken. Ich hatte Angst, vor allem um dich. Mir schien, dass die vor nichts zurückschreckten. Da ich annahm, dass es ihnen ausschließlich um mich ging, sah ich nur einen Ausweg. Ich müsste untertauchen und dich bei meinen Eltern unterbringen. Die beiden waren damals noch fit und boten bessere Voraussetzungen, dich groß zu ziehen, als ich alleine. Das war, kurz bevor du eingeschult wurdest. Hätte ich dich sonst ins Internat stecken sollen?«

Jan schluckte bedrückt. So hatte er die Geschichte bislang nicht gesehen. Sein Selbstmitleid, das er so viele Jahre empfunden hatte, wandelte sich in Mitleid mit seinem Vater: »Siehst du das heute noch genauso?«

Michael lehnte sich zurück und seufzte: »Was dich betrifft, eindeutig ja. Das war gewiss die bessere Lösung. Was Petra betrifft, hat sich meine Beurteilung geändert. Sie hatte gleich nach ihrer AKW-Anwendung über Lichtempfindlichkeit geklagt. Das war nie besser, sondern eher schlimmer geworden, besonders nach der Bestäubung des trojanischen Straußes klagte sie über stechende Schmerzen bei grellem Licht. Ich muss gestehen, dass ich das nicht besonders ernst genommen hatte und ihr einfach eine Sonnenbrille empfohlen hatte. Erst durch den Freitod von Hannelore Kohl Jahre später kamen mir Zweifel. Bei ihr hatte sich im Laufe der Jahre die Lichtempfindlichkeit so verstärkt, dass sie es nur noch im Dunklen aushielt. Die Ärzte konnten ihr nicht helfen. Frau Kohl sah keine andere Lösung, als sich das Leben zu nehmen.«

Jan unterbrach seinen Vater: »Willst du damit andeuten, dass Petra sich und ihre Eltern ...?«

»Nein, natürlich nicht. Aber ich bin daraufhin zur selben Uhrzeit und Jahreszeit die Strecke gefahren. Wenn man aus dem langen, dunklen Tunnel kommt, blendet einen die tief stehende Wintersonne brutal. Im Tunnel war Petra gewiss nicht mit ihrer extrastark getönten Sonnenbrille gefahren. Seitdem bezweifele ich nicht mehr die Aussage des Lkw-Fahrers. Raissa Gorbatschow war übrigens zwei Jahre vor Hannelore Kohl an Leukämie und einer rätselhaften Augenkrankheit gestorben.«

Jan musste an die Risiken und Nebenwirkungen denken, auf die in allen Werbespots für Medikamente hingewiesen wird: »Das hieße ja, dass es geschlechtsspezifische Nebenwirkungen gibt.«

»Zumindest sieht es in diesen drei Fällen beim AKW so aus. Es waren möglicherweise Dosierungsfehler. Ich hätte es Petra nie geben dürfen.«

»Lass uns das mit ‚wenn‘ und ‚hätte‘ heute mal lassen. Sag mir lieber, wie das damals war, als du abgehauen bist.«

»Das Labor habe ich über einen Hamburger Rechtsanwalt verkaufen lassen. Dank meiner Vorbildung erlangte ich rasch die Apothekerapprobation. Die brauchte ich, um die Sano-Apotheke zu kaufen. Das tägliche Geschäft erwies sich als noch öder, als ich es mir vorgestellt hatte, besonders durch den Nacht- und Feiertagsdienst.«

»Warum hattest du dich für Berlin entschieden?«

Michael griente: »Das war damals die aufregendste Stadt in Europa. Die Mauer verschwand schneller, als der Stadtarchivar Reste fürs Museum sichern konnte. Der Sog erfasste alle: Geschäftsmänner genauso wie Künstler. Denk nur an die Filmleute, die Babelsberg wiederaufbauten, Musiker der Technoszene zog es dorthin, Verlage verlegten ihre Zentrale nach Berlin. Großkonzerne investierten dort wie blöd. Zum Schluss folgten sogar die Behäbigsten: Behörden, Ministerien und die Regierung. Solch einen Aufbruch hat es in unserer Zeit in Europa sonst nirgends gegeben. Da ist man gerne dabei, wenn man es sich aussuchen kann. Bei mir kam dann noch die Nähe zu Hamburg dazu. Ich wusste ja nicht, ob das mit dir bei meinen Eltern funktionieren würde. Im Ernstfall hätte ich geschwind zur Stelle sein können.«

Jan schnaubte: »Aber danach sah es für dich nicht aus.«

»Wie meinst du das?«

»Ich hätte als kleiner Junge gerne, wie meine Freunde, Mitte dreißigjährige statt sechzigjährige Eltern gehabt. Weißt du eigentlich, dass ich bis vor wenigen Wochen glaubte, dass du dir das Leben genommen hast? Dass man meinte, man müsse mir die Wahrheit ersparen, wo ich schon die Mutter verloren hatte?«

»Sagtest du nicht vorhin, wir wollen das mit ‚wenn‘ und ‚hätte‘ heute lassen?«

»Stimmt. Erzähle mir lieber, ob du in Berlin gefunden hattest, was du erhofftest.«

»Ehrlich gesagt, Nein. Das sieht zwar nach aufsteigender Metropole aus, entpuppte sich aber aus der Nähe betrachtet als genauso eng und muffig wie in den geschlossenen Kreisen in Hamburg. Gewiss größer und vielfältiger, aber wirklich international ist die neue Hauptstadt in meinen Augen bis heute nicht geworden.«

»Bist du deshalb nach Amsterdam ausgewandert?«

Michael strahlte seinen Sohn an: »Ganz genau. Sobald ich überzeugt war, dass du dich freigeschwommen hattest, sah ich keinen Grund mehr, in Berlin zu bleiben. Du bist unlängst in Amsterdam gewesen. Ist dir das dort auch aufgefallen?«

Jan griente: »Ich war die drei Tage fast nur im Grachtenviertel. Ich schätze, dass dort auf einen Holländer zehn Ausländer kommen. Allein das und die Vielsprachigkeit der Amsterdamer erzeugen diese Internationalität. Wie stellt sich das nach einigen Monaten dar? Du warst immerhin ein Dreivierteljahr dort.«

»In Bezug auf die Einheimischen letztlich auch nicht anders als in Berlin und Hamburg.«

»Dann setzt du jetzt deine Hoffnungen auf Cádiz.«

»In meinem Alter scheint der Zug zu neuen Bekanntschaften abgefahren zu sein. Das wird in Spanien nicht anders sein. Aber in Amsterdam ist es klimatisch, nur von Juni bis August auszuhalten. In Cádiz will ich überwintern. Woher weißt du eigentlich von Cádiz?«

Jan schaute ihn überrascht an: »Hat dir das Rosa nicht erzählt?«

Michael schüttelte ratlos den Kopf.

Jan wunderte sich: »Das überrascht mich, weil Rosa so großen Wert darauf legte, nicht als Verräterin dazustehen.«

»Am besten, du erzählst mir die Geschichte von Anfang an. Wie bist du überhaupt auf Amsterdam gekommen? Das wusste ja noch nicht einmal Rechtsanwalt Lambrecht.«

Jan lehnte sich zurück und überlegte, wo er beginnen sollte. Er entschied sich, mit der Entdeckung der versteckten Kontoauszüge anzufangen: »Die regelmäßigen Überweisungen brachten mich zum Rechtsanwalt Lambrecht. Bei ihm stieß ich auf die Sano-Apotheke in Berlin. Von Tina Teschke, der Apothekertochter, erhielt ich den Bußgeldbescheid mit dem Radarfoto. Deinen BMW spürte ich in Amsterdam auf. Beim Autohändler ergatterte ich deine Amsterdamer Telefonnummer, durch die bekam ich deine Anschrift heraus. Der Vermieter erwähnte die Fremdsprachenschule. Rosa, deine Spanischlehrerin, erlaubte mir, mal kurz ihren Schul-PC zu benutzen. Dort fand ich deine Wohnungssuche in Cádiz.«

Michael stöhnte: »Ich weiß, dass alles gespeichert wird. Ich ahnte aber nicht, dass man so leicht darauf zugreifen kann.«

»Du weißt, glaube ich, etwas viel Wichtigeres auch nicht.«

Michael schaute ihn erwartungsvoll an.

Jan stockte einen Augenblick, bevor er sich überwand, es einfach direkt auszusprechen: »Rosa ist verliebt in dich.«

»Was …?«, entfuhr es Michael überrascht. Dabei schloss er sekundenlang die Augen. Dann verlor sich sein Blick in dem Himmelstreifen, der von seinem Platz sichtbar war.

Um die Verlegenheit zu überspielen, fuhr Jan fort: »Als ich Rosa wegen Cádiz befragte, war sie sehr aufgeregt. Sie bat mich inständig, dir zu versichern, dass sie dich nicht verraten habe. Dabei gestand sie mir unter Tränen ihre Liebe, und wie unglücklich sie über deine Abreise sei.«

»Das habe ich wirklich nicht gewusst. Ich finde Rosa superattraktiv und sympathisch. Sie war aber immer so sachlich und nüchtern auf den Unterricht konzentriert, dass ich nie …« Sein Vater brach ab und schüttelte gedankenverloren den Kopf.

Jan war es peinlich. Es drängte ihn, das Thema zu wechseln. In seiner Not plauderte er über seine Erlebnisse mit dem E-Mail-Mitleser.

Ungläubig staunend hörte sich Michael an, wie sein Sohn den Agenten erst in die Holsten-Schwemme und dann aufs Klo im Schellfischposten gelockt hatte. Lachend mutmaßte Michael: »Diese dreiste Unerschrockenheit hast du von deiner Mutter geerbt. Petra beunruhigte damals die Dauerbeschattung auch nicht. Sie winkte den Typen oft sogar zu.«

Jan lachte: »Das habe ich auch gemacht, als du neulich so überstürzt bei Horst abgehauen bist. Der Knülch hat sich vielleicht erschrocken.«

Michael grinste: »Diese Falle hatte ich ihnen übrigens mit meiner E-Mail gestellt. Ich wollte wissen, ob die uns immer noch observieren. Für den Fall, dass sich das bestätigen sollte, hatte ich dir vorher die Daten für heute aufgeschrieben.«

»Ach und ich wunderte mich über dein Vertrauen in die Diskretion der E-Mails.«

Michael schüttelte ernst den Kopf: »Früher hatte mich Petra immer beruhigt und mir meine Verschwörungstheorien ausgeredet. Seit ihrem Tod hatte ich niemanden, mit dem ich darüber sprechen konnte. Du glaubst nicht, wie man sich da reinsteigern kann, wenn man erst mal damit anfängt.« Michael seufzte und ergriff Jans Hand: »Mensch, tut mir das gut, mit dir zu reden.«

Jan würgte aufsteigende Rührung runter: »Ich glaube, dieser ständige Gedankenaustausch ist genau das, was Horst fehlt. Als Oma noch lebte, gab es diese Aussetzer bei ihm nicht.«

»Treten sie oft auf?«

»Ich weiß es nicht. Dafür sehe ich ihn zu selten. Ich besuche ihn jeden Sonntag. Das scheint aber nicht zu reichen.«

Sie versanken in Schweigen und dachten blicklos nach.

Michael begann zögernd: »Ich habe da eine Idee. Wie wäre es, wenn ich mich um Horst kümmern würde?« Er grübelte einige Sekunden und fuhr fort, bevor Jan zu Wort kam: »Wenn das Haus in Lurup noch nicht verkauft ist, könnten Horst und ich dort zusammenwohnen. Dann hätte er wieder den täglichen Gedankenaustausch.«

»Das Haus ist noch nicht verkauft. Horst wäre gewiss begeistert. Und du könntest ihm jetzt helfen, so wie er dir zwanzig Jahre lang geholfen hat.«

Michael stimmte ihm nickend zu. Er schien mit sich zu ringen, dann überwand er sich: »Wäre es für dich akzeptabel oder gar zu pietätlos, wenn ich Rosa bäte, bei uns einzuziehen?«

Jan kicherte: »Nein, natürlich nicht. Aber ich bräuchte einen Moment, mich an eine junge Liebe zwischen zwei Alten zu gewöhnen.«

Michael protestierte lachend: »Was heißt hier Alte. Du wirst sehen, wie schnell du in mein Alter kommst. Dann wirst du das selbst überhaupt nicht als ‚alt‘ empfinden.« Als er ausgelacht hatte, erkundigte er sich: »Gibt es denn auch eine junge Liebe zwischen zwei Youngstern?«

Jan spürte eine Hitzewelle in sich und hoffte, nicht zu erröten: »Es sprießt da etwas, was meinetwegen gerne zur Liebe erblühen sollte. Geküsst haben wir uns letztes Wochenende bereits. Du kennst die Holde vielleicht. Tina Teschke, sie ist die Tochter des Apothekers, der deine Pillenstube in Berlin übernommen hat.«

»Gesehen habe ich sie nie. Aber ich entsinne mich, dass Herr Teschke erwähnte, dass seine Tochter Medizin studiere.«

»Sie hat diesen Monat als Ärztin an der Hamburger Uni-Klinik angefangen.«

Michael grinste: »Na, da können wir uns ja gegenseitig Amors Beistand wünschen.«

In gelöster Stimmung tauschten sie noch Anekdoten aus ihrem Leben aus. Sie genossen den Plausch und freuten sich auf baldige Fortsetzung. Kurz bevor Jan aufbrechen musste, stellte er seine letzte aufgesparte Frage: »Nach allem, was ich über den ‚Alles Klar Wirkstoff‘ erfahren habe, würde ich ihn auch selbst gerne nehmen.«

Michaels strahlender Blick trübte sich traurig ein: »Davon kann ich dir nur abraten. Nicht wegen der Risiken und Nebenwirkungen, sondern wegen der Schattenseite der eigentlichen Wirkung. Auf der Sonnenseite strahlen das potentere Denkvermögen und das schnellere Lernen. Nach einiger Zeit wird man sich allerdings zu sehr der menschlichen Ohnmacht bewusst. Wie aussichtslos all unser Streben ist. Das führt dann wie bei mir dazu, zum Nichtsnutz zu werden.«

Jan widersprach:»Immerhin haben Gorbatschow und Kohl durch den AKW die Welt versöhnt.«

»Stimmt, sie sind aber danach zu Nichtsnutzern abgestiegen. Sie taugen nur noch dazu, hochverdiente Ehrungen entgegenzunehmen. Das AKW-Projekt habe ich endgültig abgeschlossen. Auch weil ich befürchte, das Schicksal genug beeinflusst zu haben. Das soll lieber in Gottes Hand bleiben.«

»Dass du an Gott glaubst, überrascht mich.«

»Ich habe mich zu schwülstig ausgedrückt. Ich glaube an keine überirdische Macht. Schon gar nicht an eine, die lenkt und belohnt oder bestraft. Ich meinte damit den Zufall. So wie ich zufällig durch die ausgebuffte und ausgebüchste Ratte auf den Schlaukopfwirkstoff gestoßen bin.«

Jan nickte grinsend. Er selbst bezweifelte auch die Existenz von Göttern. Das ist etwas für Menschen, die mit dem Tod nicht klarkommen, die die Illusion vom Himmel oder Wiedergeburt brauchen.

Sein Vater wechselte das Thema:»Mir wäre es am liebsten, wenn Du meine alten Disketten zerstörst, deine AKW-Dateien löschst und, falls du davon etwas ausgedruckt hast, das Papier vernichtest.«

»Warum bist du bloß so ängstlich? Das ist doch nun schon so viele Jahre her.«

»Zwanzig Jahre sind für Staatsanwälte gar nichts. Denen geht es um das Recht als solches. Das ist zeitlos. Dafür haben die ihre eigene Logik und Kreativität entwickelt.«

Da Jan seinen Vater verständnislos anstarrte, erklärte er:»Womöglich bezichtigen die mich wegen Petras Selbstversuch und Unfall der fahrlässigen Tötung. Den trojanischen Strauß legen sie eventuell als Attentat aus.«

»Na, wenn du das so siehst, beseitige ich alles.«

Wieder zu Hause zerschnitt Jan die drei alten Floppy-Disketten und zerriss den Ausdruck des Textes. Er brachte es nicht fertig, sofort die Dateien von der Festplatte zu löschen. Damit wäre wirklich alles weg. Er kopierte deshalb die Tabellen und den Text auf einen USB-Memorystick. Dann erst löschte er die Daten von der Festplatte. Den kleinen Speicher beschriftete er mit einem Spezialfilzschreiber angeblich dauerhaft mit:

`Trojanischer Strauß`

Nach den Erfahrungen mit den alten Floppy-Disketten fragte er sich, wie viele Jahre diese Daten lesbar bleiben werden. Dennoch schob er den flachen Speicherstift unter die Schreibtischplatte. Genau dort, wo sein Opa die Kontoauszüge versteckt hatte.

48.

Zunächst ging fast alles unverändert weiter. Lediglich der Verkauf des Hauses wurde auf Eis gelegt. Beim ersten Frost Ende November kam Michael, der nun in seiner Mietwohnung in Cádiz wohnte, um sein Elternhaus in Hamburg-Lurup zu inspizieren. Anschließend berieten Opa, Vater und Sohn, ob die beiden älteren der drei Generationen zusammen in dem Haus leben wollten. Horst und Jan befürworteten die Idee. Michael wollte erst mal darüber nachdenken. Statt direkt nach Spanien zurückzufliegen, traf er sich mit Rosa in Amsterdam. Jan telefonierte zwar jede Woche mit ihm, genierte sich aber, ihn allzu indiskret über sein Liebesleben zu befragen. Für umso aufschlussreicher hielt er deshalb die Nachricht, dass Rosa ihre Weihnachtsferien bei Mike in Cádiz verbringen wollte. Tina feierte bei ihren Eltern in Berlin Weihnachten, Jan holte Horst zur Bescherung in die Altonaer Wohnung.

Silvester rutschten Tina und Jan zusammen ins neue Jahr. Ihre Liebe glühte, während Hamburg im Dauerfrost erstarrte. Im Februar bedeckten so viele gefrorene Dreckschneeschichten die Stadt, dass Nebenstraßen kaum noch passierbar waren. Ausgerechnet jetzt präsentierte Michael seiner spanischen Flamme, Rosa, seine sonst so saubere Heimatstadt. Dass Rosa dennoch einwilligte, mit Mike in Hamburg zu leben, ließ Jan erahnen, wie ihre Liebe loderte.

Im März löste Michael die Wohnung in Cádiz auf, Rosa ihre in Amsterdam und Jan Opas in Hamburg-Othmarschen. Das Haus in Hamburg-Lurup richteten sich Rosa und Michael neu ein. Horst genoss die Betreuung und Gesellschaft der beiden. Seine merkwürdigen Aussetzer traten seltener auf. Nur gelegentlich, wenn er von Rosa sprach, sie aber nicht sah, nannte er sie Petra, wie die erste vor zwanzig Jahren tödlich verunglückte Schwiegertochter, Jans Mutter.

Anfang April wurden Jan und Tina für Ostersonntag zum Mittagessen nach Lurup eingeladen. Beim Eiersuchen war Tina erst irritiert und dann amüsiert, wie Jan sich über jedes gefundene Schokoladenei freute. Plötzlich verwandelte sich der stets so vernünftige Ingenieur in einen kleinen Jungen. Noch mehr überraschte sie, dass Rosa diesen Brauch gar nicht kannte.

Beim Aperitif erzählte Tina freudestrahlend, dass sie ihre Probezeit erfolgreich beendet habe. Jan beklagte: »Dadurch haben sich leider nicht die Einsatzzeiten normalisiert. Offenbar muss sich der Ärztenachwuchs in den ersten Jahren vor allem nachts und an Wochenenden die Sporen verdienen.«

Sie hatten beschlossen, erst zusammenzuziehen, wenn ihre Arbeitszeiten besser zueinanderpassen.

Tina wandte sich auf Englisch an Rosa, um den köstlichen Lammbraten zu beloben. Rosa schüttelte lächelnd den Kopf und wies auf Michael: »Das ist Mikes Verdienst. Ich würde ihm ja gerne in der Küche helfen, aber er hat daraus ein Forschungslabor gemacht. Für jedes Rezept erfasst er in seinem Computer gramm- und sekundengenau die Zutaten und Zubereitung. Nach dem Essen gibt er noch die erzielten Ergebnisse ein. Dabei würde ich als rezeptfreie Intuitivköchin durchdrehen.«

»Nur so wird es mir gelingen, uns jeden Tag besser zu bekochen«, verteidigte sich Jans Vater grinsend.

Beim Dessert durchrieselte es Jan wohlig. Das lag zum einen an der cremeoptimierten Mousse au Chocolat. Vor allem aber genoss Jan die harmonische Familientafel. Ein Glücksgefühl, das er so viele Jahre entbehrt hatte. Er lehnte sich zurück, schloss die Augen und schnurrte vor Behagen.

Harald J. Krueger

DAS VERLOGENE BANGEN

KRIMI

Für Julia Blank steht ihre Karriere als Bankerin an erster Stelle. Ihr ehrgeiziger Freund Stefan Rechter arbeitet als selbstständiger Strafverteidiger auch sechzig Stunden pro Woche. Durch unbedachte Äußerungen und unglückliche Umstände gerät das bislang wohlorganisierte Leben des Liebespaares aus den Fugen. Horrende Spielschulden, Entführung, Falschgeld und Raubüberfälle in Hamburg im Jahre 2012 lassen die Leser bis zum Schluss bangen. Dabei offenbart Harald J. Krueger ergreifend die Sorgen des Täters und die Ängste der Opfer.

ISBN 978-3-7412-4274-8

Harald J. Krueger

Das Zittern der Glückspilze

Roman

Im Jahre 2004 explodierte auf dem Flughafen von Málaga eine
Bombe. Alle glaubten, die baskische Terrorgruppe ETA stecke
dahinter. Die wahren Hintergründe enthüllt dieser Roman.
Verrat, Verfolgung, Entführung und Erpressung bringen selbst
Glückspilze zum Zittern. Wo sie sich im magischen Andalusien auch
verstecken, die ETA, die Polizei und die Unterwelt bleiben ihnen
unerbittlich auf den Fersen.
Achtung: Hochspannung!

ISBN 978-3-84 82-3030-3

Der frisch getrennt lebende Armin Blumenberg verreist zum ersten Mal alleine mit seiner kleinen Tochter Dorit. Eigentlich wollte er mit ihr gemütlich das magische Andalusien im Süden Spaniens erkunden. Stattdessen geraten sie in eine Hetzjagd nach einem mysteriösen Ring, der aus einem Kloster gestohlen wurde. Nur der amtierende Abt darf die wundersame Wirkung des Rings kennen. Um das Geheimnis zu wahren, werden seit Jahrhunderten keine Mitwisser geduldet. Ständig auf der Flucht stolpern die beiden deutschen Urlauber von einem Albtraum in den nächsten.

ISBN 978-3-8370-2151-6